貓咪寫週記

朱國珍 著

目次

序

愛的墨比烏斯帶

這是我這輩子第一次可能也是最後一次，為貓咪寫書。因為我所有的依戀，曾是如此熾熱地實踐在伊伊身上。

伊伊在我念大學四年級那年來到我生命裡。起因是朋友和獸醫打算合作繁殖販售暹羅貓，沒想到伊伊的媽媽這胎生下九隻全是母貓。母貓不值錢，朋友只好全部自己收養。朋友說，她家現在已經有十五隻貓，如果我不認養一隻，她無力負擔，只好把剛出生的小貓丟到山上自生自滅。我不忍心，被她半遊說半慫恿之下，決定去抱一隻回來。一九九一年十一月九日，剛好是這群幼貓斷奶第一天，我剛出現在她家門口，九隻小貓簇擁而上，拚命在我腳邊互相推擠，我被這盛情嚇得有點不知所措，當時，只有伊伊，她抬頭看了我一眼，似乎明白這種攀附爭寵對我這麼蠢的傢伙是無用的，彷彿睥睨似的，她頭一轉，竟然屁股朝向我準備離開。就在剎那間，朋友問：「妳選哪一隻？」我說：「就是她，不理我的這一隻。」

伊伊是我養的第一隻貓，最先開始隨便取名為「一一」，覺得筆劃很簡單，叫起來也容易。直到某次帶她去看獸醫，當我在掛號單上寫出「一一」時，總覺得哪裡怪怪的，耳邊不斷聽著護士召喚「寶貝」、「糖糖」，甚至連「林肯」都來了，我這個「一一」顯得主人非常拙愚。於是，我趁著沒人注意，拿起筆來按照「一一」的筆順，急中生智描繪成「伊伊」，從此將她正名。

伊伊體型纖細，常常待在映像管電視機上動也不動，像個小雕像。她兩個月大就跟我回家，似乎把我當成最親的親人，晚上和我一起睡，最喜歡挨著我的頭顱，蜷縮在我的肩頸，背對著我，尾巴總是輕輕掃過我的鼻梁，我每次醒來看到這般光景，都會叫她「臭屁股」。

我去清大念書一整個星期，週末才能返回台北，每次只要一打開客廳門，就會看到她站在我面前。我問父親：「她在客廳陪你玩喔？」父親說：「她在房間睡覺，聽到妳走進花園的腳步聲，就從房間裡欻溜溜地衝出來，站在這裡等妳。」

她聽得懂自己的名字，每次我只要呼喚「伊伊」，她會從任何地方衝出來回應我，讓我看見。我原本以為所有的貓咪都這樣，直到我帶伊伊去參加一場貓趴踢。那是個讓飼主與寵物交流的貓博覽會，其中有一項貓咪競走遊戲。主辦單位用壓克力隔出好幾條透明走道，大約六公尺長，就像小型賽馬場一樣，參賽的貓咪在標註號碼的起點準備，主人在終點等待。競賽規則是掀開柵欄之後，看哪一隻貓咪最先走到終點。

我雙手空空地在跑道另一端等待，環顧四周，其他飼主準備了好多道具，有羽毛逗貓棒、鈴鐺、貓罐頭，還有錄音機，不知道飼主想準備放什麼聲音誘惑貓咪走過來。我什麼都沒有，只有和伊伊之間的信任與默契。原本帶她來博覽會，是想讓伊伊認識朋友，結果她個性和我一樣孤僻，放出貓籠之後只會緊緊抓著我肩膀，哪兒都不去，什麼「人」也不想認識。

比賽開始，當對面的柵欄升起，我看到伊伊的身影出現在走道對面，我呼喚著：「伊伊」、「伊伊」……她一聽到我聲音，立刻展開四肢俐落奔跑，就像賽馬一樣朝著我奔馳，過程不到三秒，我們就完成了競賽。我得意地抱起她，環顧四周，其他參賽貓還在走道上悠哉散步，有些貓甚至就地躺下，玩起自己的腳掌，任憑那些舉著各種道具召喚貓咪的飼主，在走道的另一邊激情吶喊。

第一名的獎品是一整箱貓罐頭。因為參賽者太少，稍後主辦單位問我們願不願意繼續參加競走？於是，當天下午我和伊伊連續贏得三箱貓罐頭。可惜的是，挑嘴的伊伊不喜歡這個牌子的口味，這些戰利品最後都送給別人。

伊伊很容易自得其樂，她會自己玩一根絲帶或繩子好幾天，她有一隻鍾愛的紫色絨布小恐龍，每次我把恐龍丟到遠方，她會像狗一樣去咬回來給我，繼續跟我玩拋擲的遊戲。

集三千寵愛在一身的伊伊，在她三歲那年，唯我獨尊的地位突然被取代了。

某日，後花園突然出現了一個毛茸茸的巨型白色圓球，這隻巨獸來得太突然，讓我們不知所措，只好派出剛剛退役的女士官若薰去前哨觀察。稍後若薰回報，這只是一隻很胖很胖，而且愛睡覺的白色波斯貓。

有這麼美麗的名牌貓自己跑到我們這個一層樓的小平房，我認為這實在是一項喜訊！於是，我把她取名Money，中文名字是「錢來也」。伊伊對這位新室友相敬如賓，反正Money整天蜷縮在她的專屬籠子裡，除了吃就是睡，偶爾起床去大便。我們以為吃和睡是波斯貓這種高貴品種的天性，直到一週之後的某日清晨，妹妹帶著非常懸疑的眼神走進我房間，問：「妳什麼時候養了天竺鼠？Money剛剛抓到一隻天竺鼠，放在她的身邊。」

我沒有養天竺鼠。我說，會不會是Money為了報恩，去幫我們抓老鼠？於是走近觀察，才發現，Money不斷舔著這隻「小老鼠」的皮毛，小老鼠也睜開了眼睛，這，是一隻剛出生的雛貓。只是，毛色純白發亮的波斯貓Money 生出來的是一隻顏色和她完全不一樣的金黃虎斑。

這……顯然是個小雜種。

估計 Money 是不是太愛溜到外面玩，然後，未婚懷孕，被主人趕出來，才會淪落到我們這個平凡人家。

小雜種一天天長大，也是隻母貓，這對母女個性安靜，不太好動，也不黏人，可能高貴的基因都是如此，正所謂「貴人話語遲」。只是小貓一天天長大，到了該取名字的時候，因為她生父不詳，所以從母姓，跟著Money 姓錢，命名為「多多」。

在忠孝西路一段有位良醫，看病不開藥不打針就不收費，我曾經帶著貓咪們舉家去這裡檢查身體，在掛號單上填寫「Money」、「錢多多」、「伊伊」。良醫從掛號到看診都自己來，他的英文發音不太標準，Money 會念成媽莉。看到「錢多多」的時候，他乾脆省略「錢」這個字，直接呼喚「多多」。後來是我自己覺得很羞愧，整張填滿寵物名字的掛號單上，就我家的貓咪名字最俗氣。

伊伊跟著我從大學生、社會人士、直到為人妻母，她始終陪伴在我身邊。曾經在我懷孕的時候，很多人都勸我放棄貓咪，說貓身上的弓漿蟲會造成胎兒畸形，貓毛會導致孩子嚴重過敏。於是我去找獸醫，想要化驗伊伊的血液。

當我說明原因之後，良醫靜靜問我：「你們家是誰外食的機會多？」

我應該是露出了不可思議的表情：「外食？應該……當然……是我吧……。伊伊從小大到都養在家裡，只吃我給牠的貓飼料。」

「所以……」良醫接著說：「妳要知道，弓漿蟲是一種寄生蟲，牠只存在於感染弓漿蟲患者的糞便、或是未煮熟的生肉裡。如果妳的貓咪從來沒有出過門，沒有在街頭舔大便，或餵食生肉，或者與其他的貓咪共同進食，那麼妳要慎重考慮，因為妳經常性的外食，妳在外面感染弓漿蟲的機率絕對大於妳家貓咪。因此，我建議檢驗弓漿蟲的優先順序應該是『妳』先去抽血化驗，其次才是貓咪。」

得到獸醫的認證，我歡天喜地的回家，不但沒有去化驗貓咪體內的寄生蟲，更把獸醫的話當作聖旨，準備去檢驗自己的血液。

於是我在產檢時，主動提出抽血檢驗弓漿蟲的需求。這位即將幫我接生的婦產科醫師更妙：「人類做弓漿蟲的檢驗結果只有兩種，一種是『有得過』，另一種是『沒得過』。有得過代表妳已經產生抗體，沒得過代表妳現在很健康，這兩種結果基本上是一樣的，還會影響妳養貓或不養貓的決定嗎？」

「不會。」我肯定的回答。

「所以我建議妳不要浪費錢去檢驗了。」婦產科醫生拍板定案。

安安出生後第七天，返家後我對伊伊說：「家裡有新生兒，妳以後不能再睡到床上了，這樣會有毛，會影響Baby的呼吸。」

那天晚上，是我這輩子第一次把房間門關上，隔離伊伊。伊伊整晚站在門外，她不吵鬧也不抓門，就是輕輕地喵—喵叫了整夜，彷彿少女柔弱無辜的啜泣聲。直到凌晨四點，我不忍心，打開門，跟伊伊說：「妳是我的寶貝，安安也是我的寶貝，但是安安是新生兒，沒有任何防禦能力，所以妳要答應我，不能用爪子抓安安，更不能咬安安，如果妳做得到，我以後都不會關門，我們就跟以前一樣生活。」

伊伊不但聽懂，也做到了。伊伊陪伴安安成長的童年，從來沒有傷害過安安的一絲一毫。

安安六歲以前的照片裡，經常出現伊伊。這隻高齡九歲的小型暹羅貓，任憑男孩擁抱、追逐、玩弄、撫摸甚至抓尾巴，伊伊從來沒有回應爪子，更未曾對孩子嘶吼咆哮或攻擊咬嚙。安安學著媽咪對伊伊叫「臭屁股」，這隻老貓也會應景地轉過頭對安安喵一聲。安安和我一起睡在床上時，伊伊會乖巧地蜷臥在我這一邊，彷彿明白我會擔心嬰兒吸入過多的貓毛。伊伊從來不曾撲到小男孩身上，任憑獸性把男孩柔軟的嬰兒肥肉當作床墊，她有點像是男孩的另一個守護者，靜靜地凝視與陪伴。

只是凝視與陪伴的關係，不知不覺讓我們度過十六年，這一輩子，伊伊都在家裡等我，等待我疲累或振作、沮喪或歡喜地回家。她不會說話，她用凝視告訴我愛情，原來可以這麼簡單也這麼沉重。

伊伊走的前一天清晨，安安做了噩夢醒來，他一直哭泣，說夢見媽媽的手斷了。後來我才明白，這是隱喻，伊伊做為我最親密的手足十六年又四個月，她要離開我了。

伊伊走了，我抱著她動也不動的身體，無法想像她的尾巴再也不會拂著我的鼻梁，讓我笑罵她一聲臭屁股。她再也不會用睥睨的眼神看著我彷彿跟我說：「妳看看妳啊……」。從此以後沒有人會在我踏進家門的第一步就坐在那裡等我，沒有人會願意聽我那些比毛球更糾結的心事，寒冬裡冷颼颼的頸邊不再有個依偎的伴侶，那些潮濕溫暖的親吻，那些柔軟的愛撫，那些我們彼此依靠的青春，共同分享的喜怒哀樂……我不是一個好主人，我始終沒有給過伊伊最好的一切，那些故事中的富裕全是想像，我很努力想給心愛的人最優渥的生活，我對著伊伊許下數不盡的諾言，可是我一直沒做到，我很抱歉，而現在，再也沒有機會了。

我遲遲無法送她去火化，這次換我凝視她，那雙再也不會睜開眼瞼的紅眼睛，像紅寶石一樣珍貴，我從來沒有擁有過真正的寶石，我只有伊伊，曾經透過她的眼睛，讓我感受到比寶石更珍貴的愛情。

那天，我就這樣一直看著她，我的眼睛沒有寶石，我只有流不完的淚水，在二〇〇八年一月三日，冷氣團不斷來襲的冬天，我整顆心凍結在失去伊伊的那一刻。直到夕陽西下，母親說：「妳不要再這樣折磨她也折磨自己了。」我想到獨子安安，我不想讓六歲的孩子看到死亡，我還沒有準備好給孩子上「分離教育」這一課，因為我自己的這門學分始終是被死當的。

火化後，我留存伊伊的骨灰罈長達半年之久才讓她入土為安。失去伊伊之後，我再也無法養貓，我總覺得自己做得不夠好，不夠多，才讓她無法陪伴我走更遠的道路。我不斷自責，像我這樣失敗的人，我有能力去照顧別人嗎？

這麼多年來，我時常想起伊伊，每次想到還是會哭，大多數時間都是懷念她帶給我豐富而且美好愉悅的少女至少婦時光。我還記得她八歲那年，我又帶著沒病沒事的她去良醫那裡身體檢查。

我問良醫：「伊伊可以陪我多久？」

良醫回答我：「貓咪八歲是一個關卡。妳要有心理準備，寵物永遠不會活得比主人長久。」

「那我要怎麼辦？」我繼續追問，我怎麼可能有心理準備。

「把她當家人一樣，每一分每一秒，都要珍惜。」良醫說。

那天回家，我看著伊伊，對她說：「妳是我的家人耶！更是我的愛人。我能為妳做什麼呢？妳絕對不要比我早死，妳比我早死我也要一起死。」

伊伊看著我，她的眼球反光時是紅色的，璀璨的紅寶石。她經常對我的瘋言瘋語展現不屑的神情，但是那一天，她異常地溫柔凝視我，彷彿回答我的問題。她的眼神透露著：「愛，會讓我們在天堂相遇。」

那一刻我決定為她寫一本書。剛好當時《自由時報》花邊副刊主編彭樹君找我寫專欄，我說，讓我嘗試用貓咪的眼光看世界。於是，催生了這個用一年五十二個星期完成的《貓咪寫週記》。

其實，我到現在還是無法完全釋懷。伊伊過世後第八年，經不住兒子央求，我們養了一隻流浪貓，名叫東坡。我經常在無意識間呼喚她伊伊，當然，她從來不回應我。只有當我叫她「東坡」的時候，她才會轉頭對我喵。

每隻貓都有每隻貓的個性，如同我們的生命歷程，每個階段都有每個階段的遭遇。創傷與療癒、挫折與復元，是個循環的墨比烏斯帶，無窮盡的符號，一旦開始只能往前走。沒有答案或許是最好的答案，只有這樣才會讓我繼續思索，究竟是身為人還是身為貓比較容易快樂，或者，因為有愛才讓我和伊伊都快樂！

1 寧願變作貓

我剛剛洗好澡的時候，身體香香的，我喜歡在這個時候整理我的毛髮。

我不用乳液，也從來不打扮，我喜歡自然樸實的面孔，而我看起來也就是這個樣子。

我睡在陽台上，聽著風，看著陽光。

偶爾也會編織一些有關愛情的浪漫綺想，但是從來沒有機會實現。

也許是因為我不擅長用語言表達我的感情，有時候，我覺得語言真的很多餘，人類語言中最大多數是用來嘰嘰聒聒無病呻吟，其次是諂媚阿諛。

在我聽來的故事裡，很多悲劇都是因為人的關係咎由自取。

我喜歡吃來自海洋的新鮮魚肉，拒絕素食。

一天中三分之二的時間必須用來睡覺，清醒時唯一的動作就是吃和冥想。

我不怎麼運動。

這樣無憂無慮的生活，卻沒有什麼人忌妒我。

我太渺小。

我最大的敵人是一隻長了翅膀的鳥兒，我經常看著牠在我面前表演腳不著地，任意飛來飛去！我似乎永遠無法像牠一樣自由，卻又總是忍不住伸手想要捕捉牠。

有一個人愛我愛得很深很深，但是心情不好的時候會掐住我的脖子問我為什麼從來不開口說「我愛你」？

這一輩子，我都不會開口說這三個字。

不是我無情，因為，即使愛我最深的人也很難解讀我的語言。

所以我只能用凝視代替熱情。

經常她看著我的眼睛，許久許久，就哭了。

我只好用舌頭舔著她的臉，一遍又一遍，吞掉她的眼淚。
然後她會將我緊緊摟在懷裡，又哭又笑的罵我是傻瓜。
其實，我真的很愛她！
她供我吃，供我住，照顧我的生活起居，還會放莫札特的鋼琴樂曲給我聽。
我甘心被她養，做她的奴隸。
過去許多年，我都是過著茶來伸手，飯來張口的悠閒生活。無法與人分享。
她早上六點鐘起床，準備上班，這時候我已經知道，我要在十二小時之後才會再見到她。
有時我會埋怨她忘記開盞燈，讓我在入夜之後獨自囚禁在斗室內陪伴黑暗。
我會大聲咆哮表達不滿。
小親親！啊！小親親！

她一看到我，原本的疲憊倦容立即消失了。

只要和我抱在一起，她說，就是世界上最偉大的幸福。

而我只喜歡在冬天時貼近她的胸懷，為了溫暖的緣故。

她在三十三歲生日的那一天，對著一個形狀像問號的蠟燭許願。

她想了又想，我從她的眼睛中看出她的欲望千迴百轉，想要的東西太多，
以至於一下子說不出究竟什麼是最愛！

然後她看到了我！

蜷縮在沙發中央的我，懶懶地看著她很久了，因為她遲遲不說出願望，讓我感覺無聊張口打一個大呵欠，

正好露出一整排黃黃的牙齒。

她似乎有所領悟，突然對著生日蛋糕大喊：

「寧願變作貓！」

2 美女

嚴格說來
我這輩子不太可能被人稱呼一聲
「美女」
我的腿毛太長
三圍一致，只有在肚子餓的時候，勉強凹進去一點點腰身
因為愛吃零食的緣故
滿口蛀牙，顏色很黃
據說有口臭

我的眼睛四周長了一圈黑毛
形成天生的黑眼圈
腳趾頭也是黑黑的
我的皮膚不夠白
沒化過妝也塗不了口紅
沒有長頭髮
不會說笑話
「寶貝！甜心！小調皮！嬌咪咪！」
我的名字跟主人一樣多
就是沒有人叫過我
「美女！」
她聽到這個稱呼時眼睛會瞇起來
抿嘴微笑，露出兩個淺淺的梨窩和美麗的尖下巴
我承認她真的是一個美女

但是沒有人比我更了解她所付出的代價
清晨一杯黑木耳燕麥洋蔥胡蘿蔔瘦身健康有機水果汁
聽起來就很恐怖
一三五針灸減肥只能吃雞蛋
二四六換膚做臉不能曬太陽
終於等到星期天
三百下呼拉圈，一小時原地抖動，聽電音舞曲胡亂慢跑
滿身大汗後還要忙著
去角質，護頭髮，修指甲，剪鼻毛
浴室水聲隆隆作響像戰場
三個小時後她戴著一張白色面具走出來
跟我「嗯……嗯……嗯……」不知道說些什麼話
打開冰箱張望半天
為我弄了一碗小牛肉鮭魚大餐

她自己只吃兩粒聖女番茄配濃茶
天黑了
出發逛街採買添購新衣裳預備第二天隆重亮麗登場
直到夜深人靜
終於回到家
卸妝整理梳洗完畢又是一個半小時
累到攤在床上沒有力氣叫我親愛的
才又突然發現今天忘了心靈美容
匆忙拿起一本《人類大歷史》假裝正經看了三行卻睡著
我臥在她的胳肢窩裡看著她張開嘴打呼
呼……呼……
為了成為美女這個人可以犧牲奮鬥死而後已
我真慶幸自己只是一隻貓

3 恐龍

貓跟恐龍絕對不是親戚
這兩個名字又怎會湊在一起？
一切
都要從我美麗的女主人買了一個大拍賣的恐龍檯燈說起
「小親親！這一個才一百塊而已欸！你看它的表情多像你！」
她高興的把我們兩個堆在一起
拿起照相機卡擦！卡擦！閃光燈亮個不停
可能是我瞇上眼睛

嘟起腮幫子
總算是有一點點像恐龍了吧
她終於滿意的微笑點頭
而我呢？
經過一個星期的測試與考驗
終於了解
恐龍跟我，還有她
注定有著解釋不清的宿命
例如
我把恐龍從桌上推下來
它不會喊救命
也不會抗議
我咬恐龍的脖子
它不拒絕也不反擊

我踢恐龍的屁股
它還會笑咪咪
？＃＆＊＠～Ｙ＋％……
我終於有了結論
我可能長得像恐龍
而她卻是行為像恐龍
我喝她水晶玻璃杯裡的礦泉水
我吃她忘在微波爐裡的雞腿便當
我抓破了她的電話費帳單
我經常要嘔吐出胃裡過多的毛球
有一次忍不住吐在她的電腦螢幕上
只聽到「吱……」一聲
電腦螢幕再也不發光
她回到家

當檯燈到底有什麼好玩的啊？
可以玩開燈、關燈呀！！

皺了一下眉頭
趕緊送我去看醫生
又花五千塊買了一台新電腦螢幕回家
直到那個東西重新發光
她才安心地把我抱入懷裡
「伊伊！小伊伊！你不知道我有多愛你！你這樣亂吐，我好害怕是你生病了！」
淚水在我的眼眶中打轉
原來女人的愛是這麼偉大
可以包容一切，寬恕一切，默默承受一切
寧願像隻恐龍，也不後悔
從此以後
我和恐龍相親相愛
當然，更愛我的她

4 移動

移動可以縮短距離
就像我這般被女主人溺愛豢養的家貓
因為失去狩獵的空間
我要用移動換取獵物
於是我跳到核桃木心雕刻成的餐桌上
從進口英國雕花骨瓷盤中
掀起一條肚皮雪盈盈的魚
一路拖到大門口

塞進一個看起來像地洞的駱駝色麂皮馬靴裡
有時候我移動她的鋼筆
據說價值不菲，上面熨上了燙金 Carter 怪字
我把她晾在浴室裡的小褲褲當作飛鳥
十個有八個都會被我擊中跌落到地上
傳真機飛出來的紙張
是我的羽毛
各式各樣的充電器外接電源和 USB
當作彩色樂高積木
我會開冰箱
幫她解決吃不完的牛奶乳酪雞蛋布丁
我會開衣櫥
選擇圍巾絲襪皮帶手帕作為今天盛裝登場的佩飾
我的所作所為

都是為了縮短與她之間的距離
讓她知道我有多想念她
天下太平，世界大同，願意與她共同分享一切美好的人事物
但是她總是杏眼一瞪
再也不抱我不跟我說話
她生氣的看電視，吃泡麵，講電話，洗衣服
我只好黏在她的腳邊撒嬌
看見一個大機器有著漂亮的圓拱門
她把剛剛洗衣脫水的衣服統統塞進去
我覺得很好奇
輕快地跳進圓拱門裡去看個究竟
沒想到後面持續跟進最後一堆衣物
門就被關起來
這個圓柱體的空間在瞬間變成一片黑暗

開始天旋地轉
我頭朝下、腳朝上、剛朝上、又朝下、忽朝上、突然又朝下
直到我上下不分、左右不明
尾巴三百六十度亂竄比交響樂隊的指揮還神氣
還有一股熱氣源源不絕的衝進來
這到底是什麼地方？
我生氣的大叫
「喵……」
我移動，所以我存在
最後她把我從一個叫做「烘乾機」的喉嚨中解放出來
呵呵笑個不停
抱著我又親又愛撫
我才知道
原來人類的世界裡

要上下不分，左右不明的移動
才能縮短人與人之間的距離

5 符號

我的名字叫「伊伊」。

因為我的主人，一位純真又善變的女士，曾經一廂情願地以為我只是她的第一隻貓，以後她還會有「老二」、「小三」……依此類推。

結果，當她真正開始養了第一隻貓以後……

她發誓再也不要生兒育女！

我以為這是我們之間的默契，我永遠是她唯一的「伊伊」。

誰又知道，她總是喜歡打破規矩。

因為一天中絕大多數的時間，她會叫我「寶貝」！

其餘的時間，她隨心所欲。

「咪咪！喵喵！喵咪！伊咪咪！阿伊伊！」

如果我對她打呵欠，她就叫我：「臭嘴巴」

如果我跳到她頭上，她就叫我：「臭屁股」

如果我凝視她太久，她就叫我：「小醜八怪」

如果換作她凝視我許久，她就叫我：「老太婆」

偶爾經過兩三天，她會在一進門的時候就叫我：「Fuck you!」

老實說，我根本無法理解這個名字的意義？

但是根據我的觀察，

其實她自己也不知道到底要叫自己什麼名字！

剛開始她迷戀《歌劇魅影》，夢想有一天也能培養出如女主角天籟般的歌喉。

她正式宣布取名為「克麗絲汀」。

沒多久，她看完一整本據說非常偉大的小說《安娜．卡列尼娜》，她開始要求朋友叫她「安娜」。

電影《樂來越愛你》全球賣座，她天天攬鏡自照，期待扺出艾瑪．史東式的甜姐兒微笑，

她在電話答錄機中留言說：「這裡是Emma的家……」

接著，從Victoria，Annie，Isabelle，Lilian，Sophia，Grace，到Chauvignon還有一個只決定了三十分鐘，就發現大錯特錯而立刻取消的NASA！

直到，有一天，她突然轉身對我說：

「妙妙！經過我的認真思考，我決定從今以後你叫我媽咪就可以了！」

什麼？

我張開大嘴，長長地打了一個呵欠。

「ㄇㄚ喵嗚……」

「乖！」她滿心歡喜地將我抱進懷裡，親暱地吻著我的臭嘴巴：：

你知道嗎？

我覺得人類的符號太多太繁雜！

還是像我這樣沒有牽掛，像貓咪一樣的睡著比較實際。

6 等待

等待一個新口味的魚肉罐頭
等待花開時招蜂引蝶的嬉戲
等待日間有人陪我開 Party
即使是隔壁那隻不斷流口水的大笨狗也可以
我跳到女主人的枕頭上和一隻染色的綿羊搏鬥
那隻綿羊始終沒有還擊令我覺得乏味失去耐心
打開衣櫥門，跳躍在五顏六色的衣架上
勾起纖纖絲絨，讓我沾了一腳非我「毛」類

精疲力竭時就鑽進棉被裡
以為聽到門鈴響
衝出房間時把檯燈的電線絆倒
化妝箱裡的小玩意兒撒了一地
滾到床底下成為消失的鐵達尼
當一切暫時歸於寂靜
我還是無止盡的等待
等待電話錄音裡美麗的女人聲音喃喃私語
等待陽光從東邊挪到西邊
等待家家戶戶開啟門窗點燃明燈
等待星星浮現天際，逐漸走近的腳步聲
等待那雙溫柔的手掏出鑰匙打開門
等待她每天重複說幾十次的基本問候語
「伊伊！寶貝！我愛你！」

既然愛我，還要天天離開我？
我繞著她的腳邊走來走去
細細聞著每一個味道，除了沒有撒尿
占領我的領域
我總是瞪大眼睛瞧著她！
她會笑咪咪地說
「寶貝！寶貝！不要生氣！我是出去賺錢養你！」
她就是欺負我，不會使用與她相同頻率的語言
喵！
「寶貝寶貝不要嫌棄！等我更有錢的一天，我會讓你天天滿漢全席」
人類啊！我要如何描述妳的膚淺？
我想念的，是妳溫暖的體溫，說話的香氣
和愛撫我毛髮的依依不捨
妳竟然用食物比喻我的真心？

直到有一天
她也開始像我一樣等待
好久好久以後
我才知道答案
等待
不是時間的問題
是愛情惹的麻煩

7 他們都是我的好朋友？

我的個性孤僻
根本不可能有朋友！
但是照顧我生活起居的那個女人
那個美麗溫柔，對我說話總是輕聲細語的女主人
換了新工作的一個月後
高興地對我說
「他們都是我的好朋友！」
好朋友？

我身上的跳蚤
與我朝夕相處，晨昏糾纏好幾年
吃我的血咬我的肉
牠們算不算我的好朋友？
廚房裡抓也抓不完的蟑螂
是促成我每天一定要花半小時
新陳代謝努力運動的原因
牠們算不算是我好朋友？
隔壁的大肥貓
每到春天早晚都愛鬼哭神號
鬧得我心緒不寧
只好陪著牠一起合唱
這樣的琴瑟和鳴
算不算是好朋友？

我每次「喵……嗚……」想要跟女主人分享心情
她總是天真地回答我
「小咪咪！可惜你不懂，來到新公司就有好朋友，是多幸福的一件事啊！」
三個月後……
有一次她在掛了電話之後
氣得手發抖，滿屋子走來走去
我以為她要和我捉迷藏
跳到衣櫥裡等她呼喚我的名字
再給她一個驚喜
卻發現她反常地動也不動的一個人窩在沙發上
開始嗜嗜哭泣
「喵……喵……」
「伊伊！伊伊！我不懂！我不懂！」

她自己抽了幾張面紙
擦掉一臉稀里糊塗的鼻涕和眼淚
「我從來沒有說過人家壞話，為什麼他們要在我的背後說我壞話？」
「還說都是我的好朋友，結果全部都是在騙人！」
人類的好朋友定義如此容易
也許我該問一問
和我相依相偎多年的跳蚤、蟑螂，和隔壁那隻醜到最高點的大肥貓
牠們究竟是不是我的好朋友？

8 衣服

我從一出生，就光著身體
露毛露三點露腳趾
戴過項圈，包過紗布，上過石膏，
就是沒有穿過衣服
有時候我會瞧著我的同居人
不知道我的審美觀公不公平
我覺得
她穿衣服的時候像孔雀開屏

不穿衣服的時候像清蒸豆豉白鯧魚
怎麼看都像個動物
然而這個兩隻腳的動物個性活潑
每一次要出門
都會在我面前穿衣又脫衣
手舞足蹈比來比去
我以為她是在跟我玩「超級比一比」
還在等她的暗示
不料自始至終她只會說
「好不好看?這樣好不好看?」
這樣的遊戲天天玩
直到有一天
換成我變成主角
我的同居人不知道從哪裡買來一塊布

還有特別的四個洞
用來塞我的四隻腳
當她把這個玩意兒綁在我的身體上之後
我發現頭上平白無故生出兩個長長的白耳朵
她說這是兔子裝
希望我偶爾也可以扮作小兔子般的可愛溫柔
這樣的「衣服」上身之後
我像火箭砲一樣在屋子裡亂竄
直到這個家像是經歷了二次世界大戰
她費盡千辛萬苦終於網住我這個愛國者飛彈
最後還原我的本尊
我才得以昂然挺立，以一隻貓的尊嚴睥睨全世界
然而我的同居人卻歪著頭
用不解的眼光看著我

「穿衣服是一件這麼痛苦的事嗎？」

她又回頭看看自己凌亂的衣櫃和床鋪，以及洗衣籃中待洗的小山丘

忍不住點點頭

「還是做貓好，不必浪費錢買衣服，也不用洗衣服，我要是你，一定早就成了百萬富翁！」

9 願望

女人回家時拿著小姪子的國文作業

老師出的題目叫做「神遊」

作文上是這樣的開頭：「有一個神要出門旅遊……」

女人問我怎麼辦？為什麼現在的小孩子都這麼無厘頭？

「媽媽咪啊……」我略帶一點訝異的回應，雖然我覺得一個神能夠想到出門去旅遊，其實是非常幸福的一件事。比起「我的志願」、「我的理想」、「人生的目標」這一類的八股結局有趣多多！

唉！女人嘆息：「想當年，我寫『我的志願』時，是多麼偉大！」

又來了？這個跟我同居了九年的女人，不知何時已經學會閱讀我的腦波，每次只要我想到什麼，都逃不過她的意念。

「我從小就許下願望，要當車掌小姐！」

車掌小姐的年代？我還沒有出生，唯一能夠勉強拼湊出來的畫面，是一個女性交通警察吹著哨子，舞動雙臂，指揮車輛的模樣。

「長大以後，發現金錢萬能，便立志當銀行家。」

我有沒有聽錯？這個連自己銀行存款和信用卡負債，都搞不清楚的女人，可以成為合格的銀行家？

「最後，我才明白，原來國庫可以通黨庫，黨庫可以通私庫；這樣Ａ錢精準又迅速，所以，成為一個黨主席，成為我最光榮的人生歸宿。」

黨主席？這個直到三十歲都是無黨籍的自由派分子，連行政院長換人都搞不清楚的人，會有這種政治潛能？

「直到認識了你……伊伊！」

她終於滿足的一笑，終結了毫無邊際的偉大夢想：「我才恍然大悟，原來『無知』就是一種幸福。」

「咪……喵……」

妳知道我說的是什麼嗎？

其實我覺得，被妳這樣愛著才是真正的幸福。

10 天下第一貓

每天夜晚，我都會躺在她的肩頭，頭頂著她軟軟的耳垂，腳踩著她細細的脖子，尾巴伸到了她的胸前，輕輕滑過那一片雪白晶瑩，又有點兒微微隆起的鏤空蕾絲軟緞睡衣。

她一邊看著書，一邊搔搔頭，過一會兒，又抓抓大腿，接著自言自語：

「奇怪，怎麼這麼癢？」

五分鐘之後，又接著在背後抓個不停。

「咦？……怎麼搞得？我的身上都是紅包包，好癢喔。」

「喵嗚……」

我也跟著用後腳跟搔著我的脖子，一邊回應她，我認為她應該去看醫生，因為她身上的症狀跟我很像，她應該先把病治好，免得傳染給我。

•

第二天夜晚，又到了睡覺的時候，我跟著她的步伐，從客廳走到浴室，從浴室走到梳妝台，看著她仔細拿著一瓶粉紅色藥水，在腿上點了幾點，又抹來抹去。

「咪……喵……」

我有點兒抗議，因為白天玩得很累，已經很睏了，她今晚讓我等太久都還不上床。

「伊伊！不要叫，我今天心情很不好。」

說著說著，她又在身上抓來抓去：「你知道嗎，為了你，我今天跟皮膚科醫師吵了一架。」

「什麼蒙古大夫，說我身上的紅腫，都是貓咪惹的禍；我就不相信，我已經跟你住在一起九年這麼久，怎麼會現在才過敏？就算他說，整個環境已經被污染，隨時隨地都在改變引起過敏的因子，如果找不出病因，就要拋棄寵物，減少過敏來源……我還是不相信，我的皮膚病，是你惹的禍！」

「喵……」也許那個蒙古醫生說的是真的，因為我明白自己的身上不斷有小蟲子在亂跳，所以要經常蹺起二郎腿去抓癢。

「我跟醫生說：『我寧願全身膿包，也不會丟掉我的貓！』結果被醫生轟了出來……你聽聽看，我是不是瘋了？竟然跟醫生說這樣的話？人家也是好心要治療我的皮膚病！」

說著，她自己嘆了一口氣：「你看我愛你愛得有多深……」

我覺得，當一個人說出：「我寧願全身膿包，也不會丟掉我的貓！」是一個很棒的造句，接著我可以說：

「我寧願粉身碎骨，也不願意吃雞屁股！」

「我寧願痛哭流涕，也不要開貓 Party！」

「我寧願天打雷劈，也不會用嘴巴放屁。」

「咪喵嗚……」

我懶懶地躺在她的腳邊，把腦袋瓜卡在她的腳踝，暖暖的體溫，舒適的被窩，讓我動都不想動。

「乖咪咪！我就知道你不是醫生說得那種笨貓……你也知道都是你的跳蚤惹禍，現在不敢再睡我頭上了吧？」她微微抖一抖腳，故意要我注意聽：「放心，我才不會丟掉你呢！這麼聰明的貓，天下只有一個伊伊！你是天下第一貓……」

她用腳趾頭搓搓我的頭，當作對我的嘉許。

我來不及回答她，是因為三天沒有洗頭髮的她，腦門兒有一股怪味，導致我不願繾綣在她的枕頭旁，聞著空氣污染的廢味兒入眠……

一廂情願的她，卻已經傻呼呼地睡著了。

我如果是天下第一貓，那麼，她鐵定是天下第一寶貝！

‼搓搓‼
妳腳腳都不會麻麻的嗎？
搓~搓！

11 白開水的生活

我的同居人是一個事業很忙碌的女人，她每天上班將近十二個小時，早出晚歸，認真工作，從不在辦公室搞小圈圈，論人是非；聰明的她做事又快又好又準確，但是這樣的績效總是受到同事排擠說閒話，有時候她有點厭倦，故意像個正常人偶爾偷點懶，偏偏總是很不幸地被長官逮個正著，因此苦幹實幹的一番結果，年終考績都抱著「乙」回家！

對於像她這樣一個從小到大都是拿「甲上」成績的資優生來說，著實有點兒讓人心灰意冷。

「嗯！我要學會調適！」

這就是我的愛人，她應該是孔子的傳人：「吾日三省吾身……」我認為在哲學的意境上，她絕對是一個好人；但是在生活上，她是個百分之百的壞人！

忙到沒有時間照顧自己三餐的她，曾經連續三天都以喝牛奶的方式過日子。

有一陣子，拿了公司發的百貨公司禮券，不太會處理家務的她，只會到超級市場換新鮮水果和衛生棉；她說這是消耗品，一定會用完！只是那一缸子的水果，下場就像美術系學生的素描對象，擺在桌上當裝飾品，直到香蕉變黑，柳丁縮水，葡萄變蜜餞，連哈密瓜都融化成汁！以及那個讓她搞不清楚是水果還是蔬菜的馬鈴薯都發芽，她才發現，怎麼時光一逝如流水，轉眼間又過了半年。

而我最壯烈的犧牲，就是陪著她連續喝了三天的白開水！即使每天我都喵喵喵個不停，累到最高點的她，總是在匆匆說完「等一下」之後就趴在沙發上睡著。

對於祖先曾經是「萬獸之王」的一隻威武的貓而言，讓我喝白開水簡直是種族歧視！

於是我故意搗亂垃圾桶，破壞食物櫃，咬斷電話線，咀嚼萬年青……但是很不幸，都達不到恐嚇她的效果。只因為，忙碌的她根本沒時間補充自己的食物，當然也無暇照顧貓食，最後在我發動冷戰，以及不叫不跳不理不動的「新四不」政策之後，她才終於發現，這個家已經快變成墳場，趕緊補充營養。

「伊伊！伊伊！對不起，都是我的錯，可是我太忙了，真的，你一定要體諒我喔！我真的不是故意的！」

終於暫時將工作告一段落的她，如釋重負地對我說。

只是當時的場景有一點荒謬，因為她一邊整理衣櫥，一邊試穿衣服，一邊跟我對不起，突然間，她開心地驚呼：「伊伊！我變瘦了！連續喝三天白開水，讓我瘦下來了！」

「喵……」

「你也為我高興對不對？多多補充水分真的是一件好事，我決定了，以後一定要經常這樣做！」

我想到我的祖先，萬獸之王，如果牠知道後代子孫被迫無奈地跟著人類忙瘦身，不知道會有什麼感觸？

至於白開水，雖然有點兒乏味，但是真的很重要；也許就像她和她的工作，也許就像我和她之間的關係，沒有她，我真的活不下去！

12 冥想

也許有人會好奇，我每天都在做些什麼？甚至連我自己也很好奇，我每天到底在做些什麼？

毫無疑問的，當我的她在一大早離開我的時候，是我最傷心的時刻！我們膩在一起一整晚，我聞著她的髮香，貼著她的脊背，感覺她暖暖的體溫，聽著她說夢話，有時候她的鼻子會碰到我濕濕的鼻子，睡夢中的她還會微微一笑，以為吻到了野草莓！

但是等到天亮以後，這些彷若與世無爭的夢境般的甜蜜，全部都消失了。

等待我的是一個空曠的屋子，偶爾有微風吹拂過那一整排未闔緊的落地窗簾，飄在空中的蕾絲花邊像白色的幻影，有時候我會連續捕捉這些泡沫般的移動超過二十分鐘，當作活動筋骨；但是我花更多的時間，躺在沙發上，電視機上，Kitty 貓的蓬蓬裙上，什麼也不做，只是冥想。

冥想讓我重新回到夜晚，與心愛的人溫馨共眠；冥想讓我感覺到她正輕柔甜蜜地呼喚我「寶貝……小寶貝……」；冥想讓我實現她最大的願望，搭乘頭等艙去巴黎塞納河畔，一邊看小說一邊喝下午茶；冥想讓我可以開口和她對話，告訴她在我心目中有多麼重要，不再只是喵喵喵！

我就這樣一直冥想，直到天黑了！夜深了！真正的她回來了，獻上真正的吻：「小伊伊，你今天都在忙些什麼啊？」

「喵……」

「我就知道，你也覺得自己臭臭的！想洗澡對不對？等天氣放晴，我一定幫你洗泡泡！」

「喵……」

「什麼？嫌這個牌子的貓餅乾不好吃嗎？好好好！等我賺大錢，一定買最高級的貓飼料孝敬您！」
「喵……」
「好啦！我知道你要看 Discovery，看你的老祖宗怎麼過日子！你跟我，簡直是一模一樣！」
於是她打開電視機，拿著遙控器，盯著螢幕看個不停，根本忘了我的存在。
那等待一整天，不斷冥想纏綿恩愛的身影，冥想完成浪漫的旅行，冥想她海潮般的思念正如我心甘情願奉獻的熱情！
結果她卻是一邊挖鼻孔，一邊盯著電視機，轉動的眼睛跟著轉動的螢幕，只剩下我是靜止的。
這一刻，連我都迷糊了，究竟是現實生活中的她比較可愛呢？還是冥想中的她最天真？那個讓我深深愛戀，每一分每一秒都糾纏心中的精靈女子，又是哪一個時候的她呢？
也許明天的冥想，能讓我想出一個答案。

13 造勢的愛情

身為一隻貓，是絕對沒有投票權的！因此我對於最近這一陣子，我的同居人每天熱切討論的總統大選，感到很乏味。

有時她悲憤的對我傾訴什麼叫做抹黑，將一個為黨國辛苦做事的人完全否決；有時她開心地朗朗分析所謂的民調，顯然她所支持的候選人越來越占上風；有時，她為了表達支持的決心，會毫無章法的買回一堆候選人商品，結果又不敢帶出去，擔心受到志不同道不合的人士排擠，最後那頂有顏色的軟呢帽就成為專門用來矇住我眼睛的大玩具。

有關選舉的點點滴滴，在我看來，真是非常的無聊！什麼人當上總統，都不會影響我的一生。因為一隻貓最尊貴的格調，就是飽食終日；其次是舔理儀容，第三就是睡覺！而這一切，我的同居人已經輕而易舉的滿足我，所以就算是外星人占領地球，只要他們不吃貓肉，永遠都是我的太平盛世。

但是我的同居人顯然沒有我的修養，她每天都跟電視上的人講話，罵他們不應該這樣不應該那樣，只要在投票前，日復一日都有新的議題可以開罵。

直到，她在一場造勢大會中，認識了一名男子。

據說那是一個下著毛毛細雨的夜晚，由於這場晚會的聲勢浩大，人群就像螻蟻一樣忙碌聚集，行動也就像螻蟻的命運一樣任人擺布！她就是在雨越下越大的時候，被慌亂奔走的人群推擠到了他的身邊。

「小姐，沒有帶傘嗎？」

她正拿著公事包頂著頭，聽到莫名的問候，她好奇地回頭，不幸被一個魯莽的路人撞到肩膀，皮包掉了下來，裡面的東西撒滿了一地。

滿地頓時出現讓人驚心動魄的零食，蜜餞、迷你罐洋芋片、什錦水果軟糖、丁香小魚花生、沙茶豆乾，還有一瓶養樂多。

男人拾起養樂多瓶子，說：「這個應該放冰箱！」

「我知道，我正準備拿回家放冰箱。」

這樣的對話，開啟了他們之間的交流；在支持同一個候選人的造勢大會上，對政治立場終於可以光明正大的表態，不必再擔心被名嘴批判為 X 皮 X 骨，他們表裡如一的說出心中最想吶喊的真言！

臨別時，男人彬彬有禮地送她回家，溫柔地遞上名片：「歡迎妳隨時打電話給我……」

結果她將這張名片塞進當時身上穿的那件襯衫口袋裡，一放就是半年！包括他們唯一的共同點，就是對於同一個候選人狂熱的支持，也在落選之後還原到生活的基本面。

半年後，她從襯衫裡抽出這張皺摺的名片，猛然想起那天夜裡的溫馨與執著，於是她鼓起勇氣打出這通電話。

「喂！妳找誰？……喔！程先生啊，他請假了……妳那裡找啊？……他這一陣子都不會來了，因為……妳不知道嗎？他請的是婚假，要過半個月才會再回到辦公室。要不要留話呢？……」

當時我就坐在她的膝蓋上，深知她的每一個反應；還好那天只是因為無聊才撥的電話，所以對於這樣的結果，也不必太認真。

憑著一隻貓咪靈敏的第六感，我一開始就明白，千萬別在政客的造勢活動中，企圖尋找到真愛，那不過是生命中，另一場隨波逐流的造勢而已。

14 隨心所欲

我是一個愛乾淨、優雅高貴的貓，這樣的性格也許應該歸功於我的良好家教，照這樣的推理，我應該也有一個愛乾淨，和我一樣優雅高貴的主人！

事實上，答案卻不能盡如人意！

首先來說說她的小窩吧；我常在電視上聽到人家說「福德坑」，這個名字聽起來很不錯，有「福」又有「德」，應該是一個好地方！結果卻完全相反，那裡好像是一個專門裝垃圾的地方，什麼怪東西都有。

如果要我形容她的家，那就是這三個字剛剛好——福德坑！

也許沙發上放滿雜物的情況，十個家庭有八個都會出現；也許床上堆滿衣服也是正常人工作忙碌的藉口；也許書桌上亂七八糟找不到空間寫字經常都會發生；電話留言不知道抄到哪裡，水費電費瓦斯費帳單隨手塞進舊報紙不小心丟掉，更別提出門以後才發現忘記帶鑰匙，每個月固定有一筆消費叫做找鎖匠！

曾經有一次，她才剛剛關上門，費盡力氣鎖上五重大鋼鎖，結果發現忘了帶開會要用的重要公文，立刻重複所有的動作，又開了一次門；第二次我聽到她逐漸遠離的腳步聲，正默默而哀怨地數著節拍，等待關於她的美麗與思念漸漸散去，突然間，喀喀的高跟鞋驟然響起，她以狂奔的速度衝向回頭路，原來是已經坐上計程車的她，檢查背袋時，才發現忘了帶錢包，付不出錢的人，當然是被司機趕下車！最後一次，她終於離去了十分鐘，正當我準備接受這一份獨居的靜謐與安詳，深深打了一個呵欠，要去睡回籠覺，卻突然聽到熟悉的聲音……那個笨重的大鐵門，竟然又鏗隆隆，鏗隆隆地發出聲響，不一會兒，它又被打開了！

這一次，她說，昨天晚上辛苦了三個小時做出來的鮪魚沙拉三明治，今

天一定要吃掉，否則在冰箱繼續擺下去，鮪魚可能就要生出孫子！

鮪魚沙拉會生孫子？我也可以變成選美皇后了！

認識她這麼久，已經習慣她的瘋言瘋語，和生活上所有的任性；只是這一次，她突然帶回一隻有鳥的時鐘，這隻鳥還不是一隻普通的鳥喔！只有在每個整點，它才會從特製的小木屋中，彈出來呼喚：「咕咕！咕咕！」

這個屋子裡，竟然會出現一隻，比我還要大牌的動物，簡直是一件不可理喻的事！我這隻高貴的貓，雖然占據了整座屋子，卻沒有一間為我特別訂製的溫馨小木屋；

於是我開始攻擊這隻鳥！

我趁它彈出來叫「咕咕」的時候咬牠，雖然它很快就躲進去，而且經過幾次突襲，這隻僵硬的木鳥依舊毫髮無傷，但是至少，它無法繼續在正常的整點出來亂叫，少聽到它的一次怪聲，至少象徵我身為一家之主的穩固地位又多了一層保障！

「奇怪！這個咕咕鐘怎麼這樣？有時候叫，有時候又不叫？……」我親愛的她，發現了這個有關生存保衛戰的祕密之後，曾經這麼喃喃自語。

「難道它也是一隻隨心所欲的鳥？伊伊，好奇怪，會進到這個屋子裡的東西好像都這樣，都會變得隨心所欲，你說是不是？」

既然身為一隻隨心所欲的貓，我當然以假裝聽不懂來回應她的隨便問題！

15 寵物

到底誰才是誰的寵物？

她寵我愛我，高興時會學著帕華洛帝高唱《杜蘭朵公主》中著名的男高音詠嘆調〈公主徹夜未眠〉取悅我；如果真的有所謂的閒暇時間，她也會不吝嗇地專程到迪化街去買布，只為了縫一件貓咪的睡衣！更別提市區那最容易塞車的夜市旁著名的貓奶奶店，裡面有各國進口的零食，只要她有一點閒錢，都會買來孝敬我。她曾經布置過一個有蕾絲花邊的貓床，也向唱片行特別訂製只有貓叫組成的音樂，她花一萬元買一張不知道哪一國畫家彩繪的巨型貓畫，家裡的地上到處散落著貓咪的玩具和釣竿，害我走路常常被絆倒！她會刻意買超大容量的手機只為努力選擇各種角度，企圖幫我拍攝寫真集，就連洗澡到一半，全身都是泡沫，濕得像一條抹布，她也不忘記按下快門，留下我的裸照。

而她又是如何對自己？

不喜歡一個人上飯館的她，最常吃「水煮蛋」果腹；十年前揮霍無度買下的過時衣服，捨不得丟掉，繼續混搭！平常一套長褲西裝，配上黑皮鞋的她，最愛穿著舒服透氣的黑色棉襪，結果大拇指的破洞補了又補，依舊繼續穿上。再也擠不出啥玩意兒的牙膏，她會想到剪開來從裡面沾著刷牙，用到一滴都不剩為止！

但是她對我的食物很大方，往往過夜之後，她擔心我吃了拉肚子，會毅然而然的全部丟掉！

「到底誰是誰的寵物？」

有一天，當我賴在她的膝蓋上，正舒服地享受她的愛撫，用她纖巧的雙手和一把巧妙的梳子刷去我多餘的毛髮；她任勞任怨，不但拿著梳子的力道剛剛好，還會哼著小曲驅逐我的無聊。

「伊伊，應該是你取悅我，而不是我取悅你！你是一隻貓，而我是一個優雅的女士；你是我的寵物，而且我是你的主人！」

「喵……」我的意思是，此刻多安詳又美麗，管她媽媽嫁給誰！此刻的寧靜，正是萬物融合，天下太平的縮影！

「伊伊！你應該表演一段後空翻，或撿個什麼東西回來孝敬我，就像馬戲團裡的獅子老虎一樣，做個有用的動物！」

「喵……啊……」我深深打了一個呵欠，連眼睛都懶得張開。

「伊伊！伊伊！……」她的聲音開始變得輕柔：「求求你嘛！做一個寵物給我瞧瞧！寵物要乖，要聽話！寵物要會逗主人開心……」

我還是繼續睡我的大頭覺！

「伊伊！……」說著，她自己跳下沙發，翻了一個觔斗：「瞧！伊伊！就是這樣，你要學會翻觔斗。」說完，她又示範了一次咬皮包的動作：「伊伊！以後我回家，你要恭敬地接住我的皮包……然後……你還要學會微笑！」

她的臉上露出一個純真而甜美的微笑，笑得很專業，很用力，很持久，就是為了教導我，以後要用這樣的笑容迎接她回家！

看她這麼認真，這次我真的忍不住笑了出來！這個不放棄扮鬼臉的女人，正在認真教會我如何做一個寵物；但是她的一舉一動，才真正像一個討人歡喜的寵物！

16 購物病

有一首詩這樣描述人生，好像海潮，水漲水退，難免起落數番！也有小說家喜歡用「人來人往」形容生命中許多擦肩而過的美麗！

可不是嗎？人來人往最多的地方，莫過於百貨公司，在那兒，稍一不慎，喜歡的東西沒有買回家，就像退去的潮水，過往的人群，注定成為生命中無法彌補的錯誤！

我想，我的同居人，極端有可能就是這種不希望生命中出現「錯過」、「遺憾」或「後悔」情緒的人類，因此只要是那第一眼，就讓她天雷勾動地火，一發不可收拾而愛上的「東西」，不管是什麼用途，她鐵定買回家。

那個大吊燈的出現，就是一個非常奇異的體驗。

基本上我覺得這個大吊燈可能是釣魚竿改裝的！果真如此，它一定能夠釣起五十公斤重的海豚！這個吊燈，以一根彎曲的銅條，呈現出一個巨大而流線型的弧度，請注意「巨大」這樣的形容，一個會超過臥室坪數，連客廳也放不下，更別提在書房中，比書架還高的吊燈，會是怎樣的怪物！

巨大銅條的頂端，終於有一個正常的燈罩，原本我以為，它會釋放出柔和的鵝黃色燈光，至少，為它巨大的體型，搭配出平衡的美感！結果我錯了，它配置的是一個強力的日光燈泡，那種一打開，黑夜都可以變白天的慘烈白光，刺傷我的眼睛。

「難怪……」我的同居人最後決定將這個吊燈，放在陽台時，若有所思的說：「這是外銷品，可能就是專門設計適合西方人的大塊頭！還好，是大減價買的，我只花了一千塊，嘻嘻嘻……」

我絕對相信，一個人會忍不住拚命購買東西，絕對是一種疾病！尤其是那種以工作忙碌為藉口的人，更需要靠累積戰利品，彌補心靈的空虛。

也難怪那隻牛，會出現在家中。
她去上海出差，行李因為超重被罰錢！就是為了這隻據說是百年老師傅手工製作，純黃銅精鑄的一隻昂首闊步，戰鬥力旺盛的牛！
「美國股市以『牛市』代表榮景；『熊』代表利空！我這隻牛可是有學問，有歷史的！」
除了這隻讓她認為會帶來好運的牛哥哥之外，從上海古城帶回來的寶貝，還包括一個青石鑲九龍屏風！
「放哪兒啊？」
所有知道這件事的人，都發出這樣的疑問。
因為這個大屏風，無論放在哪裡，都會讓每一個經過它身邊的人，變成迴旋夢裡的人，踏著迴旋空間的腳步，並發出迴旋不斷的抱怨！
最後她決定讓這個屏風，以不占據任何空間的方式，平躺在地上，和地磚融為一體，偶爾作為我打滾搔癢的涼席。
她明天又要去美國，我已經可以想像，她的皮箱中很可能會出現，足夠我們一家人吃上一輩子的維他命；或者是融化以後，可以填滿整個游泳池的巧克力！

17 愛就是陪她吃下 everything

有人說我是一隻怪貓！

其實我壓根兒才不覺得自己奇怪；我只是喜歡跟我的她，吃一樣的東西，做一樣的事情。

每天清晨起床時一杯熱氣騰騰的咖啡，充滿整間房子的香醇，是她的最愛，也是我的最愛！她喝咖啡不加糖，只放牛奶，但是不喜歡用湯匙，要讓牛奶與咖啡自然融入，自然調和。

當她啜飲著這杯精力泉源，我會聞香而來，在她嘴邊磨蹭，熱切地聞著咖啡香，直到她心不甘情不願地，為我拿起湯匙，舀一口適合貓飲用的分量，送進我的嘴。

第一次見到喝咖啡的貓，她顯得有點不可置信；接著我的特異功能更是讓她吃驚！

她逐漸發現我最愛喝優酪乳，配上一片高鈣質的起士會讓我更開心！冰冰的哈密瓜清涼可口；奇異果補充維他命C；西瓜水太多，都是囫圇吞下去；仙草冰還是有點草味，她獨創加入奶精新吃法，風靡一時！洋芋片是在家看電影的最佳組合，奇怪人們怎麼會喜歡喝可樂配披薩？我覺得這些洋玩意兒都太厚重；只有布丁最好吃，軟綿綿香QQ，入口即化的人間美味非它莫屬。

認識她這麼多年，跟著她吃下千奇百怪的everything；只有一種東西，讓我一直很好奇，那是一種煮過之後，看起來像咖啡，聞起來像過期樟腦丸，嘗起來像鼻涕加苦茶的中藥！

她說身體是個引擎，需要保養和重新鈑金，因為工作讓她操勞過度，腦神經衰退，四肢無力，口不擇言，經常遺忘，又失去青春。

於是她開始遍訪名醫，只要是能讓她恢復年輕美貌的東西，不管是什麼怪味道，她全部吞得下去。

身為她最親密的枕邊人，我看著她從一個懵懂無知的大學畢業生，蛻變成業界有頭有臉的社會人士，過去我理所當然的陪著她吃下一切，包括所有的苦！

那一年她獨自北上求職，住在公寓頂樓加蓋的鐵皮屋，夏天裡她可以去辦公室吹冷氣脫離水深火熱，獨留我在大鐵桶中成為攝氏三十八度下的活烤暹羅貓；即使如此，晚上回到家，流著滿身大汗的我們相擁而眠，還是如此甜蜜！我陪著她不斷換房子，不斷分享她生命中所有的一切，無怨無悔，陪著她，默默吞下一切！

直到出現這種叫做「中藥」的怪東西……

「喵……嗚……」我實在吃不下去。

「伊伊！吃一口！你也可以跟我一樣調養身體，恢復健康美麗。」

真的，這次不再是我自己貼過去要分享食物，而是她追著我滿屋子跑，強迫我跟她一起長壽加上頭好壯壯地活下去。
最後我還是喝下這口，號稱調和了龜板、鹿角、人參精華的中藥湯。
誰叫我要這麼愛她，愛到忘了自己只是一隻貓。

18 誰是受虐兒？

如果一定要說出我最愛她的地方，那就是年紀不小的她，還一直保有夢想！

她說七十歲以前要開畫展，六十歲以前要學會拉小提琴，五十歲以前要拿到合格的飛機師執照，四十歲以前盡量不要拉皮！

我認為，除了四十歲以前不拉皮一定會實現之外，其他的夢想有極大的可能會成為泡沫幻影。

為什麼我敢這麼肯定她四十歲以前不必拉皮？因為我認識她的這八年，看著她買衣服的尺寸從六號，八號，十號，到十二號！人一變胖，自然沒有隙縫可以長皺紋，因為全部都被肥油填平了！

對我來說呢，不管是現在的圓滾滾的她，還是以前纖秀的她，從我認識她的第一天開始，除了身材，其他地方她倒是從來沒變過！至少在擁有夢想這個部分，她的態度可能比一隻貓還要單純。

「有夢想，才有力量！」這是她的名言。不過，這大概沒有什麼了不起，我認為可能有許多人都跟她想的一樣。

因為，最近就出現了一個自稱是廣告片導演的男人。因為十年前，導演曾經看過她一張年少不識愁滋味，為賦新詞強說愁的寫真照片！照片中的她，長髮披肩，水汪汪的大眼睛中充滿著好奇與憧憬，清瘦的瓜子臉上微抿著翹翹的嘴唇，尖尖的下巴剛好形成一個讓人忍不住想要愛撫的弧度。

那個導演十年來，一直念念不忘照片中羞赧青澀的大眼睛，他說這樣的靈性人間少有，這樣的氣質舉世無雙。

因此，這次為了拍一部關懷受虐兒的公益廣告，他的腦海中，立即浮現出十年前的這一張照片，以及照片中楚楚動人的微笑！

我非常敬佩這位導演的想像力，也同情他所親眼目睹的結果；十年的光陰雖然善解人意地沒有讓我親愛的同居人變老，但是絕對有充分的時間讓她變胖！因此，當他們兩人相約碰面的那一刻，我可以了解，為什麼開始的前十分鐘，兩人之間完全激盪不出任何對話！

……

「妳變了！……跟照片上完全不一樣……現在的妳……比較……比較……」導演支支吾吾半天說不出話來。他勉強繼續吐出：「臃……臃……臃……雍容華貴！一點沒有……十年前……那個……有點善良的受虐兒的感覺！」

……

「受虐兒也會長大啊！經過心理復健，受虐兒也可以健康地長大吧！」她這樣回答。

這段對話結束之後，他們兩人之間不再有任何交集。

有夢想其實是件好事，只是要認清現實。否則就像那個廣告片導演，最後成為自己的夢想受虐兒！

至於我的她，夢可能還是沒有醒！

因為她不斷喃喃自語：「伊伊！我這把年紀了，還有人找我拍廣告唉！……只是，為什麼沒有胖胖的受虐兒呢？受虐兒應該也有機會正常健康地長大吧？」

19 嗅覺

我所居住的空間，經常充滿許多味道！

雖然我只是一隻貓，但是隨著人類生活節奏起舞的我，長久以來，生理時鐘也跟著這樣的味道運轉，有時候如果缺乏這些味道，就會有一點兒脫序的感覺。

像是每天清晨，我的女主人必定煮上一壺熱騰騰的咖啡，讓濃濃的咖啡香瀰漫在屋內的每一個角落，咖啡因的刺激就像是嗅覺中的冷水浴，抖擻了每一條想要偷懶的神經，振奮了清醒的欲望；然後她會從冰箱中拿出牛奶，先倒出五百ＣＣ，放在一個特別為我買的大玻璃杯內！為什麼要特別為我挑選一個超大的杯子呢？那是因為我也「特別」愛用她的杯子喝水的緣故，她曾經眼睜睜地看著我把頭塞入任何形狀的杯子裡，啜飲她喝到一半的水、果汁、優酪乳，或任何飲料！因為她的屢勸，我的屢犯，最後她決定重新買了一堆超級大型的杯子，用來阻絕我的擬人化飲食習慣。

所以當我最愛的新鮮牛奶，出現在一個跟魚缸不相上下的玻璃容器裡，讓我只能近觀而不能褻玩，只好用鼻子聞聞空氣中飄散的一絲絲奶香，假裝我已經飽食終日。

我在味覺上的靈敏，絕對夠資格成為一個優秀的情報員。

我可以光憑嗅覺，就知道她今天出沒了哪些地方，例如陪著客戶通宵應酬之後，頭髮上會沾染許多嗆鼻的菸味兒；瘋狂逛百貨公司血拼之後，全身上下換穿新行頭，會散發出獨特的人造纖維氣息！她最愛的香水是帶著粉味的小蒼蘭，出門約會刻意噴灑號稱具有女性荷爾蒙的香精；更別提她光臨寵物店，或熱情洋溢的抱了別人家的小狗小貓之後，帶著敵軍壓境的異味，讓我從聽到腳步聲就開始毛骨悚然！

不過這一切都比不上，有一陣子她迷戀燃燒精油，據說透過空氣中，吸收這種萃取天地精華的花香植物精油，絕對會有神奇的療效。

尤其是薄荷的神奇療效，最是驚人！但是對我這種嗅覺特別敏銳的貓咪，一聞到薄荷透心涼的味道，簡直就像是隱形的虎頭鍘，全身發麻的我，忍不住在地上翻滾，摩擦，產生自閹割之後許久未見的扭曲發情症狀！

「伊伊，別鬧了，薄荷味兒對肝臟很有幫助的！」她認真地說，而且還一邊打坐，一邊冥想，一邊調節呼吸，似乎真的很渴望將她所謂的天地精華，盡收體內。

而我，決定逃得遠遠的，離開這不對盤的味道，離開這不屬於我的空間！

香精油的故事讓我領悟到，怪不得人們會將來自另一個人，某種解釋不清的敵意和睥睨，形容成「不對味兒」！原來不能忍受的味道會讓人渾身難過，遇到不能忍受的人甚至會讓一隻單純的貓被迫奪門而逃。

20 凡事 DIY

我親愛的阿那達啊！最近又不知道從哪裡學來，一種叫做 DIY 的玩意兒，每天就看見她忙裡忙外忙個不停。

究竟是在忙些什麼呢？

首先，她把我經常練武功、磨指爪的地毯換掉了！

「那裡面都是蟎蟲，妳知道嗎？蟎蟲！是一種肉眼看不到，但是卻會寄生在我們的皮膚上，然後爬啊爬的，爬得你滿臉青春痘的怪物。」

然後她從大賣場搶購回來一大批，一片一片，需要自己釘在地上的木板片。

「這個很便宜耶！如果請木工來家裡釘，一坪最少五千塊！我這樣買回來DIY，一坪只要八百，算一算，可以省下好幾萬。」

於是她照著說明書，開始所謂節約成本的DIY：不到一個小時，連一片地板都沒釘上，就已經見到她滿頭大汗，就像準備大學聯考的奮鬥精神，碰到地板這一科全部考垮，只好到處打電話找救星。根據了解，那成堆的地板片放在客廳，正好擋住我看電視的視線足足有半年，才被賤價拍賣，

結束它短暫的一生。

也許DIY的精神並沒有那麼糟，應該要選擇適合自己的體力、智商，和興趣的功夫去發揮。

「我從小就想當一個美容師！」這一次，她拿著一瓶染髮劑站在我面前：「伊伊！三個小時之後，妳會看到一個全新的我，頭髮不再黑得像巫婆，我將有一頭輕飄飄、柔柔亮亮的金褐色頭髮。」

她高興地戴上手套，細心攪和染髮劑，接著一次又一次，鉅細靡遺地讓每一根髮絲都融化在金色染劑裡，等待三個小時之後的全新驚豔造型。

時間到。

一瓶被刮得乾乾淨淨，一滴不剩的染髮劑，水龍頭不斷沖出金黃色液體，純白色的浴巾上也沾到了金黃色斑點，一切看起來都是那麼完美，直到，頭髮真正吹乾了以後，依舊是原來擁有一頭就像仙草蜜一樣烏黑的頭髮的她，完全沒有變。

除了，那個戴上手套，卻不幸破了一個洞的無名指，因為浸染了過多的染髮膏而變成黃金指，是這次DIY唯一成功染色的部位。

我親愛的阿那達，異想天開要在家裡做麵包，重磅買回一個麵包烘焙機，結果用料豐富，成品太過扎實，咬起來像磚頭，連自己都不敢吃。千挑百選一塊歐洲進口針織繡花布，縫了半個月終於做好兩塊大窗簾，才發現忘了窗戶上有個冷氣孔，只好在美麗的窗簾上挖個洞，讓冷氣吹進來陽光排除在外。大賣場猛寄促銷廣告，她忍不住買回來一個陶瓷鑲花蓮蓬頭，整個星期天都塞在浴室裡，最後在夜闌人靜，還是舊的蓮蓬頭才能順利出水讓她洗澡安眠。

「喵……」在她每一次的嘗試失敗之後，只有我陪在她的身旁。

「哎……」有一天，她注視著我許久，像是終於想通了一個深奧的哲學問題：「伊伊！也許只有你的愛，才是我最成功的 DIY 傑作！」

「喵……」這是幸福的貓叫聲，和最幸福的結局。

21 沒時間

我的主人，進入社會辛苦打拚許許多多年之後，終於獲得她夢寐以求的安樂窩！雙拼純住大廈，二十四小時保全和中央空調，浴室附贈按摩浴缸，三面採光的格局，讓每一個落地窗，都能欣賞到台北市黃金地段最奢侈的林蔭大道。就在綠意盎然的盡頭，是冠蓋雲集的凱達格蘭大道，早晨醒來，樹叢中小鳥兒啾啾叫著春眠不覺曉，夜晚透過窗戶看夜空裡的星星，參差在行道樹中的昏黃路燈伴隨蟬鳴悠然入夢！

窗邊的小小咖啡座，可以低頭俯視十八米寬道路的車水馬龍，晨間如水晶般透明的陽光從東邊升起，映照在匆忙上班的路人身上注入勤奮的戰鬥力！午間直射在綠蔭叢中的光芒萬丈，璀璨如仙女的點金魔棒，被迷戀而昏昏欲睡的幸福，是偷得浮生半日閒的想像！到了黃昏，夕陽西下，太陽從黃金月餅變成了加州大柳橙，橘紅色的水彩渲染了整片天空，如果再加上幾朵浮雲，那窗外的景色，就好比莫內、梵谷、畢卡索，或其他什麼有名的大畫家筆下的繪畫，坐在窗邊的我們，用眼睛與藝術大師完成了跨越時空的心有靈犀一點通。

幾乎每一個來到我們家作客的朋友，都會對著那幾扇窗戶外的風景大叫：「好美啊！」

的確，這樣的地點，這樣的景觀，在地窄人稠的台北市區，真的很難得！每一次她與朋友分享甜蜜小窩的喜悅時，很奇怪的，總是會遇到同樣好奇的問題：「妳一天花多少時間在這裡欣賞美景？」

花多少時間？這可把她給考倒了。

對於一個需要定三個鬧鐘，才能起床的上班族，能夠在半個小時之內刷牙洗臉穿好衣服衝出門準時上班，已經是功德一件！經常加班的她，回到家已經是深夜，累得卸了妝洗好澡第一目標就是去找床，摸到枕頭就定位，三秒鐘之內保證呼呼大睡！每一天，每一天，她都是這樣在過日子。

只有我這隻貓，有機會熟悉這個家的每一個角落；只有我這隻貓，有時間慢慢享受她拚鬥半輩子換來的大廈百萬景觀；只有我這隻貓，有資格成為這個黃金地段上豪宅裡的真正主人，因為我絕對是二十四小時在這裡充分享受，一分一秒都不浪費！

「好美的風景啊！可惜妳總是沒有時間好好欣賞！」

朋友為這次造訪，畫下完美的句點，女主人抿起嘴角微笑應對。只有我知道，當她關上門之後，是嘟著嘴，瞪著我老半天，一會兒捏捏我的耳朵，一會兒拉拉我的腿，總之就是不想讓我舒舒服服的好過！

最後她終於用那張已經嘟腫的嘴，慢慢吐出這幾個字：「伊伊！我真的，寧願變作你；寧願變作貓！」

22 振作的星期天

她發誓這個星期天要開始振作！

閱讀，斷食，燙衣服，清理冰箱的剩菜……還要縫出一個抱枕當妹妹的生日禮物。

她狠下決心定了三個鬧鐘，分別是九點半（不想太虐待自己）、十點半，和下午三點半。

最後會定下午三點半，是出於無藥可救的心態，反正都睡過頭了，乾脆連午覺一起算進去。

天亮了！太陽公公出來了！

為了表達一隻高智商的貓該有的忠誠，我決定叫她起床，在她的耳邊喵喵喵！不料，卻換來她奮力一丟的枕頭做回應。

於是我只好自己去客廳吃早餐，喝水，漱口，最後還上了個廁所，才又回到她的身邊睡回籠覺。她張著大口，呼朧呼朧不知在說什麼，我把尾巴伸進她的嘴巴，掃了一下又伸出來，因為她沒有咬到目標，不怎麼好玩！

第二個鬧鐘發揮敬業精神的命運，跟第一個一樣，都被她丟到洗衣籃裡；奇怪她怎麼會在睡夢中，還有這麼準確的命中率？

冷氣呼呼地吹，大頭覺熱熱地睡，她的專注世界無敵，宇宙第一；就連我想要跟著振作的心，也被她專心睡眠的精神所感動，暫時拋向腦後，跟著她翻滾入夢中。

十二點，隔壁的葉大媽燉滷肉飯、炒蝦醬空心菜、紅燒牛肉麵的香味陣陣傳來；十二點半，電視新聞的頭條報告今天凌晨的大地震，天搖地動，還有一個人被嚇死！一點鐘，突然打了一個響雷，劈劈啪啪下起短暫午後雷陣雨；一點半，雨停了，左鄰右舍全家出動歡天喜地發動汽車去旅行！

兩點鐘，我的肚子又餓了，走到客廳去吃飯，望著空空的食物盤發呆，突然有一個不祥的預感，我的她是不是心臟衰竭？已經到西方極樂世界報到？

我跳回房間，跳上她的床；她的胸部起伏，抱著涼被屈著膝，像個嬰兒一樣的酣睡！也像個嬰兒一樣的不知道人間疾苦，光陰如梭，似滾水東流！

兩點半，電話響了！這個人一定是來討債的，要不然不會這麼有耐心，響了一百多聲，終於把她給喚醒。

「喂？……找誰？……我不是……喔！好吧！好吧……我就是……好……好！」

到底是誰？

「真無聊的小孩子……一定要叫我阿姨，就讓她叫個爽吧！」

「咦？鬧鐘呢？……」

環顧四周，已經沒有任何一個跟時間有關的儀器；她揉揉眼睛，看看天空：

「喔！天才剛亮嗎！……」接著又倒頭睡去。

「伊伊！……小伊伊……都是你，傳染我愛睡覺的毛病！」

奇怪的女主人，奇怪的傳染病，更奇怪的星期天，一點都沒有振作的感覺！

23 計較的雞腳

要我承認一個跟我同居九年的女人另結新歡？簡直是天打雷劈。

我是怎麼發現的？

她開始過著不太正常的生活！

以前我是她生命中僅次於養家活口的工作之外，最重要的目標；現在，她把加班以外的時間，都留給那個喜歡穿 Missoni 花襯衫的年輕男人，除此之外，就是用盡所有的時間等待！等待那個男人的電話；等待那個男人的鮮花；等待那個男人的手機簡訊！

從我開始知道那個人存在的那一刻起，我就希望他在人行道上被機車撞到；上公共廁所大號找不到衛生紙；經過我家巷子被對面四樓的王媽媽澆花的水淋個正著；約會吃海鮮當場皮膚過敏；或是在啃帶筋的牛小排時，咬斷他的假門牙。

奇怪我為什麼會變得這麼計較？以前我是這麼無怨無悔地等待她回家，現在我只要一看到她，立刻跳到她的身上聞一聞有沒有別人的味道！以前我經常要小姐脾氣自己睡著大頭覺，現在我把握每一寸光陰低聲下氣懇求她的撫摸，證明我們的愛確實無敵天下。

然而她卻是毫不猶豫展現興奮地跟我分享她與那個男人之間的對話。

「他喜歡女生柔柔的說話聲，剛好我過去太隨心所欲，現在可以開始學習做淑女！他講究生活品質，家裡每天都要有鮮花，剛好我過去也分不清楚薔薇和玫瑰，現在可以好好地開始充實美學！還有，他不放心女孩子開車上路，我決定以後把車鑰匙交給他，由他來接我上下班，這樣我也可以趁機再補眠！」

聽到她這樣說，我感覺到世界末日的畫面就出現在我眼前，天崩地裂，狂風暴雨，屍橫遍野，血流成河。

我憂鬱了好幾個星期，直到……

「伊伊！我決定跟他分手了！」

什麼叫做太陽公公終於露出笑臉，就是我此刻的心情；要不是因為我有四隻腳，很難決定要用哪兩隻來鼓掌，我一定會為這個天大的好消息拍手叫好！

「你知道嗎？我們一起去飲茶，他竟然只點自己喜歡吃的菜，問都不問我的喜好！我想吃的東西，他統統都有意見，一會兒說叉燒太油膩，一會兒說腸粉不乾淨，一會兒又說糯米雞難消化，最後說魚翅灌湯餃太貴，吃不起！」

我心愛的同居人這一次恐怕真是受到了侮辱，我看著她的眼角，幾乎泛出淚光。

「好不容易，我們終於找到了共通點，就是鳳爪，你知道嗎？鳳爪就是雞腳，廣東料理的雞腳又滷又蒸，非常好吃，可是，那一小盤，只有一根

超大　爪，
逗妳開心！

好咬的大骨頭，跟兩個很不好咬的腳趾頭，他竟然，都不讓我，只吃好咬的大骨頭，留下一堆腳趾頭，我為了要吃好咬的大骨頭，連續點了四盤，都被他捷足先登，最後我忍不住說：『該輪到我先選了吧！』他竟然回答：『妳不要那麼愛計較。』」

她真的掉下眼淚：「伊伊！我想我的決定應該是正確的。」

原來愛計較的雞腳，還可以檢驗出真正的人性。

「喵……」我只能俯身親吻她的手，表達我忠貞堅定，萬世不移的擁護立場。

24 笑得越大聲越壞

她蹲在辦公室三年的收穫是，腰圍擴張三吋，體重增加六公斤，鞋子暴增九十二雙，連大小旅行箱都可以累積成八個，更別提梳妝台上的各種瓶瓶罐罐，還有買來之後連標籤都沒撕掉的晚禮服，以及那套一頁都來不及翻閱的百科全書。

然而她說，她最大的收穫是，她認識一群人，從表面上，你看不出這群人跟常人有什麼不一樣，甚至，他們還是辦公室裡最主動向你打招呼的人，即使只是經過離你的座位還有六部汽車的距離，也會因為看見有人嘴巴在動，而厚著臉皮加入你與其他人的對話，然後說一段牛頭不對馬嘴的言論，自己「呵呵呵……呵呵呵」笑得很大聲而揚長離去！

笑得越大聲的人越壞，就是她在辦公室生涯裡，對人性最大的領悟！

因為一項成功的Project，使她的位階及年薪大大提高，並獲得長官賞識，沒想到，從褒獎的那一天起，她的手機經常傳來「44444444……」的不明簡訊。

她的傳真資料經常無緣無故自動消失，好像一完成列印的動作之後，就進入神祕的宇宙黑洞，使得她的工作項目又莫名其妙多出一項，就是要不斷打電話給客戶說抱歉。因為臨時有事，想要找人更換休假，沒想到那個平日貌似活潑，最擅長與人交際的男同事，先是用藏不住的眼神白了一眼，然後就以迅雷不及掩耳的速度，像是好不容易找到機會報復似的，惡狠狠地說出：「不換……就是因為是你，所以絕對不換。」然後，他又神乎其技的立刻改變臉上神經，活生生將一堆死肉，堆出微笑的線條，然後又是那一套：「呵呵呵呵……呵呵呵呵……」昂首大笑離去。

辦公室裡年長的同事關心女主人的婚姻大事，頻頻詢問有沒有對象，什麼時候打算結婚？調皮的她回答：「結婚要來點特別的，像是跳傘結婚應該很好玩！」

沒想到，又有好事者聽到她的談話，因為先前的一場創意競賽成為她的手下敗將，再加上連續兩次被同一個辦公室的交往對象始亂終棄，這個好事者竟然主動發表意見：「你們搞清楚，跳傘結婚不是新聞，要跳下來摔死人才是新聞！」

說完以後，自己為幽默地，又發出那刺耳的「呵呵呵呵……呵呵呵呵……」的笑聲，彷彿打贏了一場口水戰而輕佻離去。

那天回家之後，我明顯感覺出她的心情大受影響，甚至已經到達憂鬱症的臨界點，即使我特意跳到她肩膀上，想要表演金雞獨立的特技，也無法博君一笑。

「伊伊！為什麼？」

「喵嗚……」我只能這樣用盡最大的溫柔安慰她。

「伊伊，為什麼？我們看到的臉，聽到的笑語，都不是真的？如果這個世界的人都那麼善於偽裝，他們又何必用笑聲來作武器，讓我從此恐懼，原本屬於笑容的天真涵意？」

她說的這段話太過哲學，我聽不太懂！不過我明白，笑得越大聲的人越壞，是解剖辦公室人際關係的第一步；但是我的她，卻在這個時候，不斷地掉下眼淚。

25 東西？

屬於貓咪的春天，是溫暖，舒適，陽光普照，鳥語花香，伸伸懶腰，抓抓主人心愛的波斯地毯，吃一口日本製造加了綠藻和抹茶的高級深海魚罐頭，躲進衣櫃和她的絲襪糾纏，跑出來時身上掛著她的西裝外套！

我最喜歡看她翻閱英文雜誌，那薄薄的進口紙質感一流，不只是撫摸起來柔柔亮亮，咬起來口感更是一流，用這個磨牙一定會讓我變得很有學問。

一切都是那麼快樂，無憂無慮，屬於貓咪的春天是粉紅色的，正等待我的親吻……直到，有一天，突然出現一個據說是姑媽的姨丈的表哥的妹夫的堂姊的七嬸婆，要來我們家借住一個星期！

因為這位女士的來頭太過複雜而且龐大，我決定簡稱她做大嬸婆就好了。

大嬸婆從鄉下來，說台語比說國語還要輪轉，她很熱心的扛了三隻土雞、一箱蓮霧、十個大芭樂、當季盛產的桂竹筍，還有兩桶據說是家鄉最著名的嫩仙草，伴著鮮奶油一起吃，比什麼布丁果凍都還要美味！

據說大嬸婆見多識廣，熱心助人，這也許可以從她黝黑的臉龐，粗壯的手臂，鬈曲焦黃的頭髮，隨時露出一口黃牙的憨傻神情，沙啞的說話聲音，驗證她經常在鄉間豔陽下來回奔波，幫人解決難題！

但是對於一隻喜歡劃地為王的貓而言，有另外一個人要闖入我的領域，意思就等同於侵略！所以我對這個大嬸婆，是絕對沒有好感的。

再加上，她來到我家時，我們四目交接的第一眼，她竟然問我的主人：

「那是什麼東西？」

當時，我原本是立坐在置物櫃上，望著正在看電視的她們；我靜止的姿勢讓我看起來像一座塑像，也許因為手太長，也許因為只有四肢和頭是黑色，配上通體淺褐色的短毛，彷若雕刻家的精心製作，我經常被訪客錯認為一件藝術品，但是被當作「東西」來稱呼，這還是頭一遭。

我的主人開始跟她解釋暹羅貓的由來，以及暹羅貓的種種可愛。但是當大嬸婆熱情地抱著我時，我還是忍不住反射動作咬了她一口。

我想我可能開始了一段很糟糕的友誼。果然，這個星期，大嬸婆押著我洗了兩次澡，修了三次指甲，還帶我去做了身體檢查，每天梳我的毛，強迫我吃貓咪維他命，最後因為我不斷對著一隻電動玩具狗叫個不停，她還買回那隻狗當作我的寵物。

直到她離開的那一天，依依不捨地撫摸我著頭，跟我說：「伊伊！你果然不是個東西……你是一隻很漂亮、很幸運的貓咪！你要乖乖地陪著主人喔！她可是很愛很愛你的！」

「喵……」

我想我真的誤解了這個其貌不揚的大嬸婆，我不應該為了什麼「東西」這樣的小事和她過不去；現在，我只能用思念，來彌補我不友善的待客之道。

26 好心有好報

張艾嘉心愛的兒子，奧斯卡被綁架的消息在電視上披露的時候，我正臥在我的女主人溫暖的膝蓋上！聽到她突然「啊！」的一聲，才抬頭看她，發現她的腮幫子整個鼓起來，就像河豚遇到敵人一樣的武裝！原來她的口腔裡面裝滿了她看電視的基本道具，就是她從小到大最喜歡吃的奶油乖乖！奇怪她怎麼會嘴巴塞滿了東西，還能發出聲音？我從小到大，也為她這樣的特異功能一直深感不解。

還好，這個新聞的結局並不是悲劇，奧斯卡最後成功獲救，綁匪也順利落網！由於張艾嘉本人始終沒有露面，媒體只好訪問她身邊的友人，這些人用廣東國語，不約而同地說：「唔係想，該係好心有好報！她多次參加公益活動個，都係幫助人，係好心才會有個好報該！」

「好心有好報？」我的主人跟著猛點頭。

「伊伊！伊伊！聽到沒有？好心才會有好報！從現在開始，你要好心對我，我一定會好心抱你！嘻嘻嘻……」

她用沾滿奶油乖乖碎屑的嘴不斷親吻我，破壞我的睡眠品質，我一氣之下，咬了她一口！然後一溜煙地跑掉。

已經說過一百遍，我主人愛我的方式，幾乎等於完全的智障！她每次不幸被咬了以後，總是呆呆地留在原地，撫摸著被咬破一個小洞的嘴唇，喃喃自語，好像剛才發生的事件，只是一個夢境！

每次看到這一幕，老實說，我也會有點不好意思，她不跟我發脾氣，我反而更內疚，我的行為就像真正的野獸，在動物園裡攻擊一個絲毫沒有防禦能力的遊客！

也許我這一輩子認識的人不多，尤其大部分的人，都是從日本愛情連續劇裡面領悟到的奇異人性，但是說真的，她是我見過的人類中，數一數二最善良的人！

要怎麼舉例呢？我第一個想到的，就是她很容易寬恕別人！

我認識她九年多，陪著她經歷了學生，社會人士（包括短時間兼差模特兒），以及後來的上班族過程，知道圍繞在我們身邊大多數的人類，在有限的腦容量中，經常散發出超過體積限制的惡念！忌妒，貪心，栽贓，不負責，或是見不得別人過著幸福快樂的日子；種種惡念，讓他們逐漸泯沒了善良的本質，消滅了純真，當然也就失去了欣賞這個世界裡一朵花兒盛開的美感經驗！

我見識過我的女主人，受到這些人欺壓時暗自哭泣的無助；也明白她終究會原諒這些人狹窄陰暗的心智！她總是笑中帶淚的對我說：「伊伊！我的腦容量有限，要像電腦一樣，經常清除垃圾訊息，對於那些無聊的中傷，一個 megabyte 都不要占據！否則我的腦袋就沒有足夠的空間，去吸收更多的新知，欣賞更多的美景，接受更多的生命喜悅，愛護更多的動物……」

「喵？……」

從她領養我的第一天開始，我就知道，對於一隻全身充滿跳蚤還不斷撒野的貓，都可以耐心養育這麼多年，給我食物，給我溫暖的家，給我這一輩子，都消化不完的愛，她，絕對是個好人！

「對！我一定是個好人！否則這麼多年來，怎麼都沒有人想到要綁架我的貓？可見我也是，好心有好報！」

她笑嘻嘻地對我說，這一次，終於把一口的奶油乖乖吞下去，我才聽清楚她講的話，卻又是這麼愚蠢的可愛！

27 青年轉業

我雖然也是個母的……（這麼說好像很沒氣質）……我雖然也是個女的，但是我的生命很單純，從來沒有想過要出人頭地！我的同居人也是個女的，她的生命也很單純，和我一樣，從來不想出人頭地！因為她說，等到妳掙扎到出人頭地的那一天，早已經人頭落地。

我們兩個，也許就是因為同質性太強，才會在一起同居九年，從來沒有吵過架（當然，都是我不跟她吵）；從來沒有搶過浴室上廁所（我們兩個各自有各自的專用馬桶）；從來沒有誰做飯給誰吃的問題（基本上，我們兩個的主食不太相同）；我最不惹麻煩的地方，就是我從來沒有讓她洗過我的衣服，因為我天生就喜歡裸體。

這樣逍遙自在的歲月，悠悠乎轉眼過去，直到有一天，她突然提出一個，讓我感覺到有可能發生家破人亡的慘劇的提議：

「伊伊！妳有沒有聽過中年轉業？……我告訴妳，等到中年再轉業就太老了！為了我們兩個的前途，我決定青年就轉業！」

「喵嗚……」青年轉業？轉到什麼行業？

「我想了很久，我決定要當一個作家！我已經請了所有的年休假，明天開始，我就要開始體驗一個作家的生活，我的第一個功課，就是要學會觀察人群！」

第二天，她果真外出觀察人群！只是地點約在咖啡館，就在仁愛路林蔭大道旁的落地窗前，她和朋友約了共度下午茶的浪漫光陰，一邊喝咖啡，一邊看風景，一邊談笑風生說八卦，結果不但忘了觀察人群，還因為聊天聊到渾然忘我而手舞足蹈絆倒一個正準備丟垃圾的服務生。

第三天，她決定前往醫院觀察生老病死。她選擇了一所著名的大型教學醫院急診室，坐在掛號櫃台前的塑膠椅上，看著人群來來去去！

結果她回來告訴我，可能是她的八字太重，枯坐在急診室兩個小時，只瞧見一個扭到腳的老伯伯、拉肚子的孕婦，和便秘一個星期的外勞！她唯一看見的血跡，據說是一個國小學生擦黑板太用力，不小心噴出來的鼻血！

第三天，陽光普照，她牽出她的霹靂鳳！就是大學時代馳騁都會，無巷不鑽的五十ＣＣ摩托車，決定以遊街的方式觀察人群！

不到半天的時間，就見到她灰頭土臉的回家。

「時代不同了，現在騎摩托車的人都好像神鬼戰士，不拚個你死我活絕不輕言放棄！我只好將摩托車停在路邊，假裝等紅燈，透過安全帽的黑色頭罩觀察人群，正在越看越有心得的時候，誰知道旁邊的銀行警衛太認真，以為我要搶銀行，走到我身邊好幾次，最後問我需要什麼幫助？直到我脫下安全帽，驗明正身，才沒有被送去警察局。」

她無奈地望著我：「我只不過想學習觀察人群，寫本小說，也許有機會成為一個大作家；也許，可以為青年轉業做好充分準備。」

「喵……」

我覺得她休假期間的奇異遭遇，已經可以寫成一篇怪怪的小說，完成一個作家的美夢；只要她對於青年轉業還有信心。

28 我要的只是愛撫

我一直以為，和一個人住在一起超過九年以上的時間，應該會達到某種心有靈犀一點通的境界！尤其是我那剛過而立之年，號稱冰雪聰明，人見人愛，自立自強，處變不驚的女主人。她應該比任何人，更懂我的心！

但是我一廂情願的想法，顯然太高估她的智商！

同居九年的心得報告是，這個女人，絕對有資格衛冕貓輩金氏紀錄中，天下第一懶人的寶座！因為她不只懶得做家事，更懶得去讀懂別人的心。

從餐廳飯桌上，堆滿各式各樣的馬克杯，裡面出現的殘渣可以分類為咖啡、紅茶、烏龍茶、奶茶、綠茶、檸檬茶、柳橙汁、牛奶、優酪乳、巧克力調味乳、仙草蜜、玉米濃湯！（這不是最稀奇的！）有一天，她最心愛的馬克杯裡，長出綠豆芽！原來，是她這一陣子跟人家孕婦學什麼偏方，說喝了泡綠豆的水可以美白，於是她天天喝，天天忘了洗杯子，終於，稀奇真稀奇，飲料變盆景！

不做家事的人，都很有想像力，因為他們會發明一套，別人絕對想不出來的合理藉口。

「伊伊！你是我的心肝寶貝！你是我的靈魂！你是我的山大王！你也是我的拖把！除塵紙！吸塵器！你要天天在家裡跑來跑去，這樣你的腳就可以擦地，然後變得一乾二淨！」

話才說完，接下來的一個月，她又因為在公司加班，忙到忘了我是誰！洗衣機裡的衣服爆滿到陽台；玄關裡亂七八糟脫掉的鞋子已經天女散花般地飄到房間；我的小馬桶，更不用說，已經塞滿了一個月份的大便！更令人難過的是，她已經一個月，沒有摸摸我，跟我說話，即使，又是聽到那種要我的腳趾頭去拖地的傻話，也是一種安慰，至少，不要這樣子，天天住在一起，卻像陌生人。

當天晚上，她和往常一樣，深更半夜回到家，卸了妝直接走進浴室洗澡洗頭髮；孤獨的我咬著最心愛的獵物，一隻全身雪白的迷你北極熊，在浴室門外喵喵叫個不停。

「好啦好啦！快洗好了，伊伊乖，別叫別叫，等一下再陪妳玩！」

又是重複了一個月的老台詞，我才不相信；我只不過是希望妳摸摸我，像隻貓一樣地享受主人的愛撫。

我咬著那隻可憐的北極熊，賴在她身邊不走；再利用口裡一點點空隙，繼續喵喵叫個不停！

「怎麼啦？肚子餓啊？」

她依序檢查我的飯碗，水壺，廁所，發現一切都很正常，可是我還是拚命叫個不停；她疑惑地望著我？

「難道是生病了？」

她拿手電筒探測我的喉嚨，檢查我的牙齒，撫摸我的脊椎，還研究我的屁股，最後學獸醫，有模有樣地壓壓我的肚子，檢查我有沒有長腫瘤之後，赫然發現，我舒暢滿足的表情，而大感不解。

「難道你根本沒病？只是渴望我的愛撫？」

她把我擁入懷中，溫柔地說：「下次要我摸摸妳，叫一叫我就好了嘛！」

我可是苦叫了一個月，才有現在甜美的結果。

29 芒果樹

又到了芒果盛產的季節，每天家裡都有吃不完的芒果，我看到電視上教人做點心過生活的節目，說芒果可以做成布丁、奶昔、西米露，可以入菜，炒雞丁、烹牛排，但就是沒有人說到芒果樹！

為什麼會這麼慎終追遠，遙念一棵芒果樹？這又是我的主人的傑作！多年來，她就像鬧鐘一樣，每到這個時節，就開始懷念起小時候，第一次吃芒果的滋味！

「那時候，只是好玩，把一顆吃剩的芒果籽，種在花園裡，沒想到，第二年，它就開始發芽，冒出樹苗！」

這個實驗我做過，曾經，我把一堆木瓜籽，滾進浴室洗手台下方的角落，沒想到只靠著水管漏水的滋潤，它竟然也可以長成木瓜樹苗，把女主人嚇了一大跳，以為有什麼靈異的啟示！

「後來，芒果樹漸漸長大，它越來越茁壯；本來，我們只期待，花園裡有一棵大樹，可以作為夏天乘涼休息的地方，結果出乎意料之外，它竟然在某一個春天，開了一朵花，接著，就長出一顆青芒果；那一年，我們全家人從五月開始盼望，這一顆芒果的結果。」

芒果會有什麼結果？一但結「果」，不就是結束生命的開始？

「到了六月底，它終於成熟了，黏稠濃密的果糖汁液開始密布在飽滿的果實上，在一個夕陽斜照的傍晚，我們決定把它摘下來，品嘗自家花園裡第一次培養生成的水果！」

培養？只有一顆芒果的果樹，可能不會是優秀果農的佳作。

「那一天，全家人都在一起，圍著這顆芒果，興奮地洗乾淨，小心切成四塊，每一個人都吃了一口，滋味是那麼甜蜜！就連它的籽，也被啄得乾

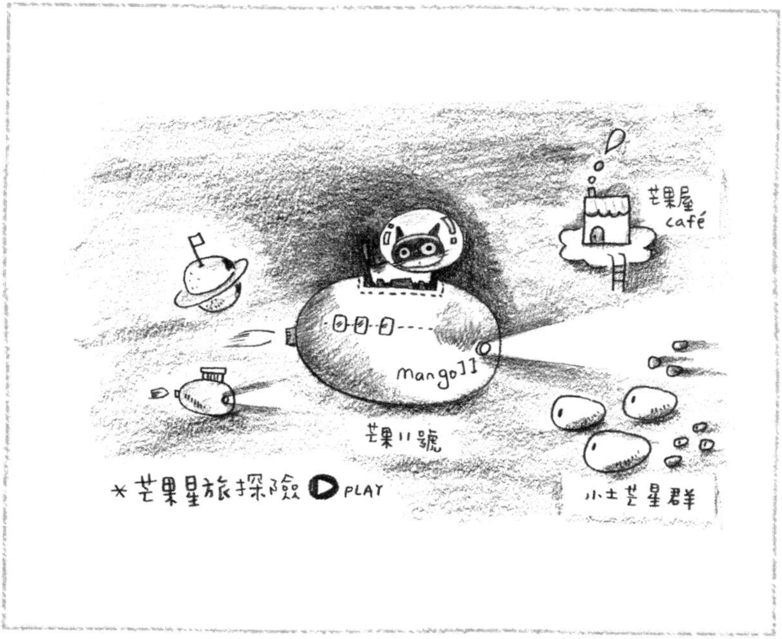
芒果屋
café
mango11
芒果11號
＊芒果星旅探險
PLAY
小土芒星群

乾淨淨！那天晚上，全家人分享一顆芒果的時光，是這麼快樂，這麼滿足，我一輩子都忘不了！」

身為一隻愛吃肉食的貓，我只好奇，這棵神奇的芒果樹，有沒有繼續增產報國？

「只可惜，第二年來個超級強烈颱風，把整棵樹連根拔起，從此以後，再也無法在自己家花園，吃到美味的芒果，也沒有那棵，可以乘涼的芒果樹。」

喔！就這樣？

「長大以後，兄弟姊妹各奔東西，出外討生活……我已經好久好久，沒有時間在家裡的花園乘涼，更別提，去栽種一棵芒果樹的閒情逸致……」

怎麼會是這麼感傷的結局？

「喵……」我試著安慰她……

「伊伊！小伊伊！芒果樹會不會是一種啟示？而我卻要等到長大離開家以後，才會領悟？」

這個問題真是考倒我了！還好我只是一隻貓，而且是一隻從來沒有吃過芒果的挑食貓！

30 流浪的痕跡

我的主人最近常常掛在口頭上的一句話，就是「凡走過必留下痕跡」！打開電視機，好像有很多人都這樣說，雖然我不知道這究竟代表什麼意思？但是我相信，人們不會因為無關緊要而發明一些流行的辭彙，這其中必有深意。

故事要從我親愛的女主人決定重新學開車說起！憑良心講，她算是一個不笨的人！（這是我的形容詞，至於她本人，則是堅持要用「冰雪聰明」這樣的字眼。）

十八歲高中畢業，超過法定成年的歲數之後，她給自己的第一個禮物就

INK

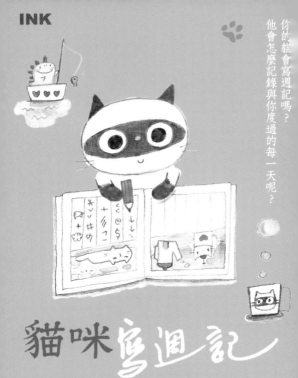

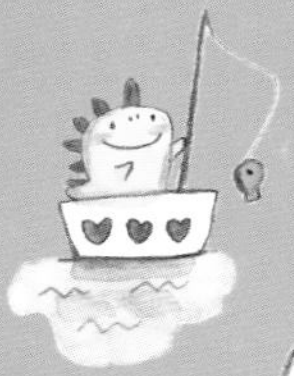

你的貓會寫週記嗎？
他會怎麼記錄與你度過的每一天呢？

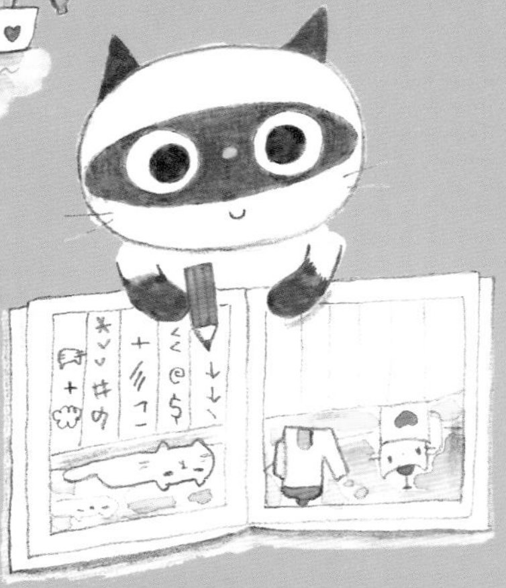

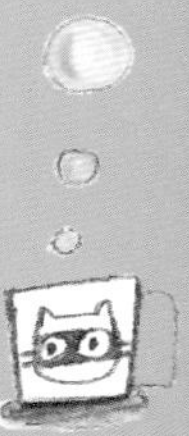

貓咪寫週記

朱國珍——著

繪圖／貓小P

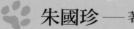

是一張汽車駕照。可惜那時候的窮學生，只能租車過乾癮，再加上就讀的大學遠在新竹，住校之後就沒有摸過方向盤！更別提後來入社會，總有一些所謂的護花使者，心甘情願開車接送上下班，從此以後，那張駕照的唯一功能，就是成為半夜她騎機車出去逛夜市，被警察臨檢時的護身符。

為什麼要重新開始學開車？只因為一個想要流浪的單純的理由。

「房子，是我固定的家；車子，是我移動的家。」

她這樣跟我解釋。

什麼固定的家？移動的家？對我來說，哪裡有她這個傻瓜，那裡就是我的家。

那一天，她向一個「好」朋友借了一輛汽車，開始她的學習＋破冰＋流浪＋不知其所以然的冒險之旅；我有幸成為車上唯一的旅客，我想最主要的原因是我很鎮定，當我遇見緊急狀況時，從來不會像一些人那樣驚聲尖叫！

她的車子一出停車場，就是一條單行道，結果第一個挑戰就是，遇到一個比她更白癡的人逆向開車。反正她也是出來閒晃耗時間，不發一語的她，直直瞪著對方，相互較勁誰的良心先發現。在雙方僵持二十分鐘之後，對方終於決定倒車讓步，結束了叢林遊戲的第一站。

但是接下來的畫面更精采，才剛剛越過逆向會車的阻礙，眼前竟然出現一個彈簧床墊！這個雙人彈簧床，就這樣毫不在乎地平躺在路中央，不知道從哪裡來？也不知道要往那裡去！

還是生手的她，花了十分鐘左顧右盼，狹窄的單行道實在沒有空間，只好硬生生地將車輪駛過彈簧床，才得以脫困！就在這個時候，一個不小心，右邊還是擦撞到了巷裡並排暫停的小貨車，只聽到「唧歪」一長聲，連不開車的我都心知肚明，一定是「凡走過必留下痕跡」。

冒險之旅到此為止，已經進行了一個半小時，我們卻離開家門還不到十五公尺！氣餒的她，決定直接開回停車場，放棄這趟莫名其妙之旅，沒想到，才一轉彎，想要循著單行道的方向回家，卻又遇到道路施工，要到半夜才能通行。

眼看自己的家就在旁邊，卻因為牽掛著移動的家而無法回到固定的家；她嘴一嘟，乾脆把車子熄了火，抱著我，跳離了這輛汽車。

「伊伊，我決定下一次要流浪的時候，用走路的就可以了！至少在一個小時之內，我絕對可以離開這個地方。」

「喵……」

不管你要流浪到何方，可不要忘記帶著我這隻忠心耿耿，也不會笑妳的貓！

31 歡度情人節

有一天我從窗外望出去，每一個走在街上的女人，手中不約而同都拿著花束，臉上洋溢著喜悅和期待某種神祕浪漫的笑容，那種美麗，好像教堂裡經常會看到的小天使！

我一直納悶，是什麼樣的日子，會讓小天使的化身統統跑出門？透過電視新聞的強力宣傳，我終於知道了答案，原來，這是情人節。

「那都是廠商製造出來的氛圍！對於真心相愛的兩個人來說，不需要別人提醒，天天都可以是情人節。」我那經常讚美自己是冰雪聰明的女主人，自然有她獨到的見解；就連情人節的約會，她也有獨到的選擇。

第一通邀請電話來自一個高大英挺的飛行員，很奇怪，他們兩個外型登對，意識形態卻相差十萬八千里，每一次約會都為了國仇家恨起口角，最後不歡而散！第二通電話是已經分手好幾年的前男友，他坦承因為別的對象都沒有空，最後想到她，也許和他一樣寂寞……轟！這通疑似來自約炮軟體的電話被她摔到瓦斯爐上自動引爆。第三通電話是一個連她都記不得長相的男子，只因為她去證券公司開戶，需要保證人，偶然認識的什麼副理，辦完手續之後，就再也沒去過，更別提對那個什麼副理會有什麼印象！第四通電話是個認識好一陣子的朋友，兩個人年紀雖然有點差距，但是可以談天說地，最重要的是，這個人經常安慰她：「不要緊，一切順其自然！」

順其自然？就是約好星期天要見面，她卻因為週末夜在家連續狼吞虎嚥兩部電影，隔天睡到下午三點，讓人家擔心她要惡意的缺席！好不容易見了面，商量半天，準備去翡翠灣看夕陽輝映直到星星滿天的海邊，結果高速公路南來北往都塞車，開了一個多小時，幾乎還是原地不動！她的笑話已經說光光，肚子開始覺得餓，臨時提議先去基隆廟口吃東西，為了找停車位，又是一個多小時！

到了著名的觀光夜市，她是這個也要吃，那個也要吃，紅燒豬腳味道好，鼎邊趖口感一流，老字號蚵仔煎保證新鮮，烤雞腿先滷後烤，連骨頭都入味！三兄弟綠豆湯加粉圓，喝完了湯還可以再加；紅燒鰻越來越小碗，已經成為拒絕往來戶；反而是對面的排骨酥羹可以考慮考慮！新開發的螃蟹羹材料豐富，姊妹店面的大腸麵線宣稱不好吃不要錢！別忘了百年老店花生酥，吃到肥也不厭倦！最後來杯檸檬愛玉，一定要選有招牌那家，才是真正檸檬原汁美味。

等到她吃到腦滿腸肥，驀然回首，發現已經是半夜一點多，想睡覺的她，再也沒有力氣去海邊看星星，打道回府之後，她告訴了我這段情人節經歷。沒有鮮花，沒有禮物，只有一個總是說「順其自然」的男人，高興地陪著她在夜市裡吃完一條街的美食。

「伊伊！夜市吃到飽的情人節，大概沒有人過得比我更浪漫……伊伊喔伊伊！其實，情人節最幸福的一件事，就是跟你抱在一起，睡到明天早上，不作噩夢，而且……吃得很……」

她真的吃撐了，話還沒說完，已經呼呼大睡。

32 賢妻良母

我是一隻母貓，但是自從我懂事以來，從來沒有領教過，身為一隻母貓的樂趣！甚至一隻母貓該有的「母」味，好像也只能夠從一些《如何了解你的寵物》；或《貓咪發情時怎麼辦？》這一類書中，稍微體會到做「母」貓的感覺。

不過基本上，我無欲無求，只要吃飽，睡好，不作噩夢，人生夫復何求；這麼說來，我彷彿比皈依佛門還要六根清淨，難怪我的主人有時候會跟我說：「你是上睡下覺大法師；你是空空妙僧；你是如來觀自在；你是咪咪小太監！」

什麼咪咪小太監？最後一句話我完全聽不懂。

「伊伊！伊伊！好可惜你已經卡擦了！不然你也可以像我一樣，準備做個賢妻良母喔！」

賢妻良母？這四個字令我毛骨悚然；還記得她上一次跟我說要做賢妻良母，結果在八月九號發生了八九慘案！只因為她不知道從哪一本黃曆上看到：「賢妻良母七件事，柴米油鹽醬醋茶」，於是她立刻決定，在成為一個良母之前，要先學會做一個會烹飪的賢妻。

我永遠也不會忘記，八九慘案發生的那一天，當賓客笑嘻嘻地走進我的家門時，日正當中的晴空飄浮著幾朵卡通般的白雲；那一天，她比上班還認真，早上六點就起床去買菜，但是……但是……到了下午兩點，餐桌上還是空空。

耐心等候的客人，已經啃完了客廳茶几上所有的瓜子花生和蜜餞，還是不幸餓到兩眼發昏，開始盤算要不要開始生吞盤中裝飾用的青香蕉。

廚房中的她還在用力翻食譜，並喃喃自語：「奇怪，書上說詳見第一八五頁，可是這本書根本沒有第一八五頁！」

我抬頭看了一眼牆壁上的時鐘，算一算再過幾個小時，就可以吃晚餐了，而她卻還在找食譜中的第一八五頁。

這時候，我還看到除了廚房瓦斯爐上冒出的火花之外，還有另外一團來自客廳那一群人的飢餓之火！

「隨便啦！」「隨便啦！」不知道從什麼時候開始，這個聲音此起彼落！最後就在這樣的呼喚聲中，一群人終於圍在餐桌旁，開始品嘗這位「賢妻良母」的手藝；這頓宴席很奇怪，大家突然間都變得很有修養，不但細嚼慢嚥，甚至沒有人說話！動了筷子之後還不到半個小時，大家又不約而同的說吃飽了，然後紛紛很有禮貌地告別……。直到很久很久以後，我才知道，那天的鴻門宴為什麼會這麼安靜，原來是因為這位賢妻良母做的菜，已經難吃到讓大家連日行一善的讚美都偽裝不出來。

「到底有多難吃？」我那天真的主人還不知道，她差一點謀殺了這個世界上，剩下不多的，她最要好的朋友！

擺盤還行，但這真的好吃嘛?!
—來~是媽咪的愛呦！

我很想告訴她，烹飪是一種實戰技術，絕對不是發明藝術；我還記得，有一次她突發奇想，為了我的健康，她把貓餅乾拌上大骨海帶湯撒上檸檬汁還攪入起士粉又碾入兩顆維他命最後放進魚肝油……

我常常想，在這個世界上，做她的貓，是最幸福的事；卻也是最不幸的事！

如果有人想知道這份宇宙超難吃又恐怖的靈異私房菜單，我很願意跟大家分享，但是現在，我一想起八九慘案那一天，就忍不住倒胃口，請容忍我休息一下，有機會再告訴您！

33 土石流

暑假到了！我的主人跟著瞎起鬨，跑去參加一個什麼戲劇夏令營，令我感到非常不可思議，而且，還選了黃道吉日，準備免費公演！

「那是一個偉大動人的故事！不但可歌可泣，而且保證任何人看了，都會掉眼淚！」

長期跟著人類看電視電影的我，腦海中立刻浮現出，古早時候的費雯麗，在《亂世佳人》中簡直就是精湛完美的郝思嘉再世；瑪麗蓮．夢露純真與性感交錯得剛剛好的偶像地位，至今無人能夠取代！英格麗．褒曼短暫的演藝生涯中，散發永難忘懷的高貴氣質；來自歐洲的依莎貝．艾珍妮，神祕優雅的表演方式，宜古宜今；更別提好萊塢教父級天王巨星，梅莉．史翠普，從貴婦到蕩婦，人生百態已經沒有難得倒她的角色！新生代演員中，葛妮絲．派楚早在《雙面情人》中，就開始發揮現代女子矛盾猶豫的感情面向；薇諾娜．瑞德長得太漂亮，讓人無法仔細端量她的演技；依莉莎白．蘇在《遠離賭城》中的頹廢美學，感動了從來不賭博的我！回到台灣，林青霞從年輕到老都美豔，消失後的鍾楚紅反而越來越像巨星！敬業的蕭芳芳，是我見過最上進，對生命最認真的演員；來自香港的葉德嫻，境界爐火純青，收放之間都是戲。

我真的不知道我的她，我那經常喃喃自語，認為自己具備冰雪聰明的氣質的女主人，要演什麼角色？

「伊伊！你知道，我已經上了一個月的表演訓練課，在正式演出之前，一定要先暖身，要像我這樣……」

她伸長了手，舉到最高點，跟著用腹腔發出「厚」地一聲；然後她就這樣不斷持續很像黑猩猩的暖身運動。

「伊伊！這真的是一齣好戲，我們要把去年發生大地震、土石流，這些不管是天災，還是人禍的噩夢，用大愛加以寬恕，用關心加以包容，希望透過戲劇，能教會大家反省……伊伊，你想，會不會有人送花給我？我有沒有可能得到一個什麼咚咚的獎？」

問題是妳演什麼角色？

「這齣戲裡，動員了許多人，聽說還有真的新聞主播也來軋一角！而且，老師也說我很有天分喔！妳知道，土石流是一場關鍵戲，所有人性中最痛苦的一面，最掙扎的一面，善或是惡，讓或是貪，都要靠這場戲呈現！」

這個女人興高采烈地描述著：「經過這麼久的訓練和彩排，我被指派演出一顆石頭。」

……

喵……

她繼續說：「可別小看一顆石頭，我可是演最大的那一顆。因為山崩土石流，都是發生在一瞬間，我要以最快的速度，從舞台左方滾到右方，然後靜止不動，每一次都要停留在同樣的形狀，而且，千萬不能動喔！這樣高難度的戲，老師說，只有我能演！」

「喵？？？」

「伊伊！我告訴你，因為……老師說，我一開口說台詞大家都會笑場。這是一個悲劇，不能被我演成鬧劇……可是老師也說，舞台上任何一個東西，都是有意義的！即使不說話，也不會否定存在；所以我們一定要相信自己！」

一顆石頭，都能有這麼大的領悟，作為一隻整天在家吃香喝辣的貓，我的「人生」，似乎更應該充滿感激！

34 下雨天留客天

我那個女主人每天為了工作打拚，忙得不得了！忙到沒有知識也沒有常識，更沒有時間去看電視！就連強烈颱風直撲台灣，這麼大的新聞，她甚至完全不知情；偏偏她還有一群跟她同樣不知人間疾苦的朋友，竟然請了特休就約在颱風當天的中午，一起在我們家聚餐，聽音樂，欣賞她從跳蚤市場尋找到的寶貝，包括一個市價十五萬（二手價殺到兩萬）的真空管擴大機，和整套高中低音喇叭！

當然，依照女主人忙碌又懶惰的性格，她絕對不可能維持一個隨時可以宴客的家庭景觀，偏偏聚會當天又睡過頭，一覺醒來，只剩下二十分鐘可以整理家務，於是，聰明的她靈機一動，把所有尚未分類，洗過的，沒洗的，來不及收的，不小心掉落的衣物，全部塞到衣櫥裡；衣櫥塞不下的，全部塞進旅行用的大皮箱裡，大皮箱塞不下了，還可以塞進床上的棉被裡，假裝這是一條很厚很厚很厚的棉被！到了客廳和餐廳，也是如法炮製，吃過的，沒吃的，來不及吃完的，或忘記吃的餅乾水果醬菜泡麵土司蜜餞卡里卡里，全部塞進冰箱裡，冰箱塞不下就放烘碗機裡，烘碗機放不下，她竟然可以想到暫時借放洗衣機！

客人來了！

在歡愉之中，眾人聆聽巴哈莫札特柴可夫斯基到《悲慘世界》、《阿依達》歌劇，並紛紛讚美這個真空管擴大機果然難得呈現完美音質，不知不覺，颱風一陣比一陣強勁，等到曲終人散時，才發現外面是狂風暴雨，下雨天，留客天，留我不留？

「喵……」

客人中有三分之一決定開車離去，三分之一冒雨走路回家，另外三分之一只好留下來過夜！

女主人熱心地為留下來過夜的朋友尋找換洗衣物，同時準備炫耀百貨公司三折大拍賣搶購到的流行春夏裝，沒想到衣櫥一打開，裡面的東西就像裝上彈簧似的全部暴擠出來，偏偏沒有一件乾淨的T恤可供友人替換。

「沒關係，沒關係！」好心的朋友立刻安慰她：「我可以直接穿著身上的衣服睡覺，無所謂的！瞧……」她假裝很自在，一屁股坐在客房的床上：「咦？奇怪，這個棉被怎麼這麼厚？」

當然，因為下面都塞滿了各式各樣的衣物。

「叮咚！」

這個時候門鈴突然響起，那三分之一企圖冒著風雨走路回家的友人，全身濕淋淋的出現了：「哈囉！外面實在是人間煉獄，你們瞧，我好像掉到海裡又爬起來。」

女主人手忙腳亂找乾衣服，濕透的友人自己忙著照顧自己，過了一會兒，她愁眉苦臉的走過來，拿著一件布滿碎麵條和棕色醬汁的外套，說：「奇

衣櫥火山又要爆發了嗎？
又亂塞，又不分類，
這個不是昨天穿過了嗎？

怪，你的洗衣機裡面怎麼會有泡麵？」

下雨天留客，天留我？不留！

35 什麼主義

貓咪的國度人人生而平等，貓咪的境界處處唯我獨尊。

你對我好，我就對你好；你放我自由，我就讓你自由；你用愛來對我，我就用愛回報。貓咪不需要簽約承諾自己多認真，這個世界永遠有太多儀式，讓人們搞不清楚心裡面最嚮往的生活態度。

華裔新加坡籍色情片女明星，安娜貝爾·鍾，在一九九五年，創下十小時與兩百五十一個男人發生性行為的記錄，轟動一時！這個驚人的實境秀不但被改拍成紀錄片和舞台劇詳述安娜貝爾的心路歷程，還被香港電影節選為觀摩片，而這次事件也被列入新加坡百科全書。

「嘖！嘖！嘖！」

幾乎每一個聽到這個話題的人，都會發出這樣的嘆息。不過，性的議題對一隻貓來說，僅僅是曇花一現的風景。我輩貓族是從古埃及時代就被馴養的寵物，生兒育女，傳宗接代，已經不是貓咪的天職，好奇怪人類豢養我們這種四腳動物經常只為觀賞與疼愛，我不必像狗去看門，像馬去拉車，或像水牛去耕田。我只要作好自己，就對得起祖宗八代。

「安娜貝爾也是只想作好自己！」

從小在新加坡接受紀律嚴格的教育，中學後赴英主修法律，後來到美國南加大攻讀性別研究。年輕的安娜貝爾恣意且任性地接受西方洗禮，擺脫傳統束縛，而她同時還是一個用功的大學生。因為，從書本中，她發現古代的宗教神學，曾經描述透過性儀式獲得救贖的前例，再加上女性主義論述中自相矛盾的辯證，於是安娜貝爾說：「為什麼一個男性連續和許多女人上床，我們會認為他是猛男；但是一個女人和很多男人發生性關係，人們就會認為她是蕩婦？」

「喵……」

聽到我的主人和她的朋友高談闊論這個話題時，讓我第一次深刻體驗到，身為一隻貓的禪定有多崇高！因為在貓咪的世界裡，沒有那麼多主義和論述，也沒有信仰。所謂道德，是我不會去偷吃路邊攤的垃圾袋；至於性別，天天都在裸體的我，早已經習慣了被人們分不清楚是公是母。

「安娜貝爾來自新加坡傳統華人家庭。期望子女在海外出人頭地的父母親，聽到女兒聞名國際的理由，竟然是創下世界記錄的性行為次數，她的母親泣不成聲。紀錄片最後拍攝到母女見面的那一刻……安娜貝爾並不後悔自己做過的事，但是在母親流淚的當下，她還是保證會努力讓自己成功，光宗耀祖。」

最後到底怎麼樣了？

大家都在問，我的女主人也不例外。我這位女主人從國中開始念女校，連續念六年，高中讀得還是天主教學校，從校規到家規都嚴謹到等於帶髮修行。念大學以後，她眼見很多女友都交了男友，出雙入對，只有她形單影隻，也難免開始對兩性關係好奇。據說她唯一一次有機會體驗色情片的時間點就發生在大一，當時和幾個敗犬閨密相約，而且採取AA制共同分攤兩小時休息費用前往賓館觀摩A片。這些女生刻意選擇黃道吉日的中午過後，好不容易克服害羞的心結走進春情蕩漾的旅館房間，沒想到打開電視怎麼只有三台？打電話問服務生A片在哪個頻道？櫃台大姐回答：「那個東西晚上八點以後才會放出來。」

原來A片是個晝伏夜出的動物。

安娜貝爾・鍾小姐在拍攝五十多部色情片之後引退，改回自己本名Grace Quek，在美國加州創設軟體開發公司，設計網站與APP，並從事數位資訊管理，成為成功的商人。

「還是回到資本主義。」女主人的一位朋友這麼做出結論。

這個故事好奇怪！人類的社會，總是充滿種種荒謬和各式各樣的主義。其實我覺得，不管什麼男人主義，女人主義，不管誰的能力比誰強，誰的次數比誰多，人與人之間，就像動物與動物，或動物與人之間，只要互相尊重，日子就會好過！
　此刻我的主人抱著我，享受寧靜的家居生活；我們之間，不曾有過山盟海誓，更沒有什麼主義的宣示，頂多就是她的瘋言瘋語，擾亂我的禪定。但是，我們最終都會依偎在一起，最單純的，她陪著我，我陪著她，一輩子，沒有任何關係比這樣還要緊密。

36 謀殺綠手指

有一種人，天生具備神奇的魔力，高級一點的他（她），也許就像神話故事中，可以點石成金；就算只有百分之五十的神力，也可以變成「綠手指」，那是一種，無論什麼樣的綠色植物到他（她）的手中，都能夠活下去的神奇力量！

我的女主人第一次聽到這樣的比喻，非常興奮！因為她認為，她能夠持之以恆的養育我九年，實在是功德圓滿，按照這個邏輯推斷，她應該也具備一隻，可以照顧任何花花草草的綠手指。

拗不過她的請求，朋友答應送她幾盆發財樹和萬年青；我還記得那一天，她是多麼小心翼翼，特別騎著腳踏車，把一盆一盆的植物，放在後座，用最人工最安全最不會折到一片葉子的方式，全部帶回家。

「喵……」

「伊伊！你要學會和它們和平相處，因為吸收芬多精，美化環境，全部都要靠這些神聖的綠色植物。」

「喵……」

我相信綠色植物很神聖，只是一旦落入她的手中，還能神聖多久？

還記得上個月，她去醫院探望生病的好朋友，臨行前突發奇想，應該送點花表示誠意；結果買了一朵鬱金香，為了表示永恆的友誼，還特別選了一朵種在土裡，老闆也拍胸脯保證，是含苞待放的新鮮鬱金香。

當時正是中午，走著走著她覺得肚子餓，忍不住抱著鬱金香到清真牛肉麵店吃了一碗熱氣騰騰的湯麵；後來又想時間還早，靈機一動，竟然想到搭捷運到三軍總醫院。換了三趟列車，從空中到地下，終於到了好友的病房，她滿心歡喜拆開保護花兒的報紙，卻赫然發現這朵鬱金香已經完全盛開。

「怎麼？……怎麼可能？……」

許多的疑問在她的腦裡盤旋，望著這朵已經張開每一片花瓣的桃色鬱金香，她勉強擠出笑容，祝君平安！

哈拉哈拉一個下午，當她準備離去時，又隱約發現鬱金香似乎已經過度盛開，而有點搖搖欲墜，一抹悲劇情懷在她腦中突然閃過，但是也不敢多想多說，匆匆告別。

第二天，好友忍不住捎來訊息：「哈囉，我已經康復出院了！謝謝妳來看我……對了！那朵很美麗的桃紅色鬱金香，我真的很喜歡，可惜不能帶走，因為，它第二天早上就謝了……我想，這朵花是不是注射過生長激素？……」

就在我的女主人，興高采烈地展開，養育綠色植物的神聖任務一個月之後，卻還是很不幸地，開始一盆一盆地，跟這些神聖的芬多精製造者告別。

「什麼？妳從來不澆水？」

「忘了嘛！我那麼忙……而且，它既然叫做『萬年』青，為什麼還要澆水？」

「＃$@~?……」

「我也沒辦法，我想……可能就是在我的愛心照顧之下，它們更提早一步，回到主的懷抱，蒙主寵召，從此與主同樂！」

這麼爛的理由，難怪從此以後，我的女主人又多了一個外號，叫做「謀殺綠手指」。

37 比「美麗」更美麗

那一天，因為女主人新結交的朋友說想見見我，我終於獲得除了看病、健康檢查，或孤獨地寄宿在別人家裡之外，難得的外出機會！

為了這次的旅遊初體驗，我特別在前幾天就開始加倍努力清理我的毛髮，修磨我的指甲，還不斷跳進浴缸，暗示我的女主人幫我洗一個香噴噴的沐浴澡；終於，我生命中第一次屬於自己的真正的旅遊開始了！

她的新朋友很特別，在知名的大學附近開了一間咖啡屋，前有花園，後有庭院，還順其自然地栽種了許多野生植物！一進到這兒，感覺很舒適，人們愉快地說著笑著，伴隨著濃郁的咖啡香，和午後陽光輕柔投注在紫檀木裝潢的古典廳廊中的怡然舒暢！

但是我萬萬想不到，在這個美妙的時刻，我竟然看到一隻貓！

看到另一隻貓在我的生命中並沒有什麼了不起，只是這隻貓太神氣了，神氣到有點令人難以接受；因為，在午後陽光斜射的後花園，他一個人……不！應該說，他一隻貓，用他龐然巨大的肥胖屁股，占據了一整張有點剝落的木製的條狀長桌，純白的身軀在間隔的桌面上顯得突出亮眼，而他竟然就這樣露出肚皮，朝著天空，絲毫不顧慮別人的看法，懶洋洋地躺著，就連我們一群人走近的時候，他連頭都懶得抬起來，一點也不在乎是誰闖入了他正在休閒午睡的花園天堂。

而我，被關在人造的籠子裡，透過桎梏的鐵條，勉強搖頭探腦，才得以拼湊出另一隻貓咪自由自在的全貌！

「啊！這就是伊伊，好可愛喔！讓我抱一抱！」那個新朋友熱情地說。

因為這位朋友的殷勤，我才得以離開那個小鐵籠，真正嘗試到所謂旅遊的戶外風情。

剛剛過了立秋，午後暖暖的風吹拂在臉上帶來一股甜甜的草味兒，天空是這麼藍，雲朵兒像小孩子的素描般浮動，一團團掠過！在這裡，聞不到大廈空調統一製造的恆溫，消失的落地玻璃窗，讓天空和樹木變得更真實，彷彿可以觸摸，可以讓那氣味兒流通身軀，可以為大自然睡著而沒有任何遺憾！

怪不得，那隻大白貓會如此肆無忌憚！

「他的名字叫美麗！」店老闆抱著我，溫柔的說：「聽說咖啡店還沒有開張之前，他就在這裡了；他喜歡自由自在地走來走去，有時候嫌店裡面人多，就自己跑後院。不過，他從來不會跑掉……也許他知道，在這裡的每一個人，都很愛他。」

難怪，有那麼多人的愛，讓「美麗」更加美麗！不管是來自她的親生父母，或者是咖啡店裡流連忘返的同志，總之「美麗」的愛，從來沒有少過；比較起來，美麗似乎比我還要幸福，她擁有自由，擁有天空，擁有一個能夠親耳聽著鳥叫的後花園……

「你擁有我的全部！」我的主人把我抱到肩膀上的時候說：「伊伊！不要忌妒，縱然她叫做『美麗』，但是我保證，你是我的『唯一』。」

38 遺愛百年

有一陣子（其實只有三個小時），我一直吐個不停，讓我的主人非常擔心，她立刻送我去醫院掛急診。

老醫生捏捏我這裡，又掐掐我那裡，最後診斷我是消化不良，休息兩天就好了！沒想到我抬頭一看，我的主人已經哭成淚人兒，好像醫生宣判的是無可救藥的絕症。

「喵……」我忍不住安慰她一聲，這個女人的敏感，有時候比我還像一隻貓！

「伊伊……」我的主人問醫生：「伊伊可以吃維他命，補充體力嗎？」

「只要她願意吃，就可以。」

我的主人終於擦乾眼淚，好像只要我能吃下任何東西，就代表我可以很快痊癒，會繼續和她一起過著幸福美滿的日子！

她立刻去寵物店，買下最高級的貓食；就好像人生病，可以吃到日本富士蘋果一樣的特權，沒想到我的嘔吐，竟然可以得到國王般的待遇。

她甚至為我請了一天病假?!

更好康的還在後面，當她靜靜看著我吞下昂貴進口的舶來貓美食之後，她竟然決定提筆寫下遺囑。

因為今天發生的種種，加上她曾經在報紙上看到名歌手瑪丹娜在英國的一棟豪宅，賣給了一隻貓！

當然，那是一隻得到一億五千多萬英鎊遺產的貓，因為飼養他的老婆婆不幸去世，在遺囑中，指示將所有的財富，留給每天陪伴她度過晚年的貓；結果，貓咪的監護人，決定買下這棟豪宅，讓這隻老婆婆最掛念的貓，也能擁有一個舒適安全的晚年！

她好像是認真的，趁著一天「病假」，她開始清算自己的財產。

打開從小到大最心愛的寶貝盒，裡面有小時候參加合唱團，她的媽媽親手為她編織的紅色緞帶蝴蝶結，形象神聖地掛在脖子上唱詩歌！一個超級大的五塊錢銅板，現在已經不流通，卻是她第一次領到的零用錢。各式各樣的雞心墜子、別針、飾物，只因為她喜歡雞心圓圓滿滿的造型，從小就開始收集，但是不知道為什麼長大就忘了。最後，還有一顆年代久遠，卻發育完整的智齒！

「伊伊，這些都是我最珍貴的財產！其他的，只剩下房貸、車貸、循環卡債、電話卡、悠遊卡；銀行裡存款有一千一百五十二元，家裡現金九十八塊，撲滿中的銅板，大約還有六十幾塊……」

老實說，我覺得她這個病假請得挺有道理，因為一整天下來，我發現真正生病的人是她，一會兒擔心我嘔吐會丟了小命，一會兒又盤算著自己的身後事，忙了半天之後發現自己其實是個窮光蛋，又開始不好意思的抱著我跑來跑去，轉移話題要玩大風吹！

「小傻瓜！小傻瓜！」她故意這樣逗我。
好吧！就算是我傻吧，她的財產我一點兒也不希罕，寧願她這樣呼喚我
小傻瓜，一輩子，天長地久。

39 動物的天賦

我是一隻平凡的貓，但是我相信每一種動物都有屬於他自己獨特的天賦！

以我來說，我的體重只有三公斤，身材嬌小，經常得到柔美、可愛的讚賞，也因此而理所當然的獲得人們的疼惜與憐愛，他們把我捧在手掌心中，輕輕撫摸我的毛，沉溺在世界和平，萬物大同的善良想像！

直到有一天，家裡陸續發生幾件慘案，我的女主人才恍然大悟，很多事情，並不等於你眼睛所看見的現象。

「啊……！」

有一天早上，我的女主人起床後發生這樣的尖叫，只因為她在床上發現了一隻全身僵硬的壁虎。

當時我正依偎在她的胳肢窩，若無其事的舔著我的腳掌，清理我的毛髮。

「這是什麼？救命啊！」

她像奧運體操冠軍一樣，從床上連滾三個後空翻，以逃命的速度摔下床，瞪著一雙驚恐的大眼，望著不知所措的壁虎。

那是什麼？我很難開口解釋，這隻壁虎是如何侵入我的地盤，騷擾我的視線，滿屋子飛簷走壁，破壞我的寧靜！我已經容忍了牠一個星期，直到昨天晚上，趁牠迷路在床邊周旋時，以萬獸之王的貓科動物天賦，一舉成擒，然後將我的戰果，拖到床上，給我的主人欣賞。

我感覺到她，我的主人，正用一雙疑惑的眼睛看著我；當然，她無法證明這件慘案的罪魁禍首，然而她可以用合理的懷疑，推斷誰才是暗夜中神出鬼沒的凶手。

依此類推，她聯想起八年前的鬥魚事件，以及半個月前才發生的小白鳥

脫毛記。

老實說，經過人類的世紀長期豢養，我已經失去了生食肉類的品味，但是對於會在我眼前騷動的小動物，仍然不可避免地引起我的好奇與狩獵！那隻會離開魚缸渴死的鬥魚，以及少了半身羽毛的小白鳥，都是這種宿命下必然產生的悲劇動物。

在經過片刻的觀察，默默收拾善後之後，我那凡事不追根究柢的主人，似乎也有了一點領悟！她沒有責備我，反而買了一大堆玩具鳥，布偶假老鼠，填充小怪獸，毛毛球，以及一隻幾可亂真的塑膠蜥蜴，放在我的四周，告訴我：

「伊伊！如果你一定要發揮戰鬥的天賦，請折磨這些不會喪命的獵物吧！」

我該怎麼表達我的想法呢？她選擇以德報怨，為我的殺戮重新做詮釋；而這樣的個性，也正是她面對職場陰險的鬥爭、攻訐、誹謗的一貫態度！她就是這樣的一個人，很容易原諒別人，也不會去斤斤計較一些小事！我想，善良，應該就是我親愛的主人的動物天賦，她用這樣的天賦感動了我，讓我立志做一個好貓，至少，也要學會做一個願意付出愛的貓。

40 我是藝術家

還記得她的鴻門宴？把客人都嚇跑的創意菜單？

原本一切都恢復了正常，平常！就像咕咕鐘剛剛叫完十二聲的整點報時；就像颱風過後的海邊恢復平靜！偏偏，好日子沒有過多久，因為我的主人無意間經過一家年終大折扣的電器商店，買回一個義大利研磨咖啡機之後，我的生活，又再度變得繽紛絢爛！

「從此以後，每天早上我都要喝一杯親手做的卡布其諾！」

如果這是考驗一隻貓的智慧的問候語，我會建議她直接到樓下的二十四小時便利商店，買一杯人家煮好的卡布其諾，可以更節省時間和金錢。

「喵……」而我卻只能這樣回答她。

果然，為了品嘗一杯純正道地的卡布其諾，她特別另外買了一組有貓咪圖案的馬克杯。（她說刻意選貓咪的杯子，是為了要和我一起分享我喝不到的咖啡？）當然，增添香味的巧克力粉與肉桂粉也少不了！

現在，獨缺 espresso 咖啡豆，和一罐新鮮香濃的牛奶！

她決定走一趟超市，完成這個簡單的任務。

她的手上提著買來三年，第一次使用的可愛購物環保袋，走進超市；眼前讓她眼睛一亮的，是一個五彩繽紛的花店，她心想，既然要喝義大利咖啡，無法置身在威尼斯的愛河邊，至少也要有一些象徵翡冷翠詩情畫意的玫瑰，於是她決定先買一堆色彩繽紛的鮮花。

真正走進超市，逛到點心櫃，她赫然發現，那些搭配卡布其諾的巧克力粉和肉桂粉，如果只用在咖啡上，恐怕五年都吃不完，於是她突發奇想，不如買一些高筋麵粉，用來做巧克力肉桂蛋糕！如此一來，還得買一些香草精、發粉、奶油、攪拌器、模型、裝飾的櫻桃，以及可以擠出紅色玫瑰花的食用色素還有鮮奶油！

滿足了自己動手做點心的欲望，她才發現忙了半天還沒吃飯，為了一勞永逸，冷凍水餃、燒賣、佛跳牆、鍋貼、餛飩、可樂餅全部帶回家；想喝湯，巧達玉米海鮮牛肉火腿海帶魚板濃湯料，每種買一包！萬一遇到停電，還得買些乾糧，蘇打小藍莓泡芙夾心高山牛乳，日式海鹽餅乾樣樣都新奇；算一算，缺乏纖維素，芹菜蘿蔔馬鈴薯地瓜可以久放，買回家以備不時之需！

當她最後提著五大袋的食物，還必須跟超商借推車才能回家，她已經沒有力氣煮一杯熱騰騰的卡布其諾！正好聞到家門口咖啡店的迷魂香，決定先買一杯人家煮好的卡布其諾回家，慰勞自己整個早上的辛勞。

「喵……」簡單任務，卻變成滿載而歸？

「伊伊！沒辦法，我是藝術家！」

每一次，她只要做出一些無法解釋又不可思議，結果後患無窮的糗事，「我是藝術家」，就成為她最好的理由。

為了跟她甜甜蜜蜜地住在一起，一隻貓的智慧就是要對「藝術家」這樣神聖的名詞，重新賦予更人性化的定義。

41 辦公室動物

如果說作為一隻貓有什麼遺憾的事，很可能就是無法像人類一般，高談闊論這個世界上的種種道理。雖然長期跟人類居住的我，早就發現，所謂的道理，其實很滑稽，而且人類的對話實在有點多餘，但是如果有一個人，經常深情地對著我說：「伊伊！伊伊！我好愛你喔！」的時候，我也能夠回答她一句：「我也是！我也是！我也好愛妳！」那該有多幸福！

但是這樣純情的世界，在辦公室裡，絕對不可能存在。

經過我長期聆聽人類的語言，我發現，在大多數人類花費大多數時間停留的辦公室，也有一種動物存在！

這種動物的性別並不重要，重要的是，他們因地制宜，因時制宜，因人制宜，也就是說，這種動物的彈性非常好，變化多端！他們很會在別人面前說甜言蜜語，背地裡卻詛咒你的祖宗八代；他們在言語上見風轉舵，認清敵我劃分派系遊刃有餘！

他們發揮動物的天賦，比孔雀開屏還要認真；至少孔雀還是為了傳宗接代的聖職，必須張開羽毛鬼吼鬼叫，辦公室動物卻是隨時隨地，都可以隱藏自己真實的肺活量，刻意發出那種嗲嗲的嗓音。

「嗯……哼！……主任……嗯……你好壞……也不看人家今天穿什麼衣服，就要……嗯……人家來……嗯……做簡報！嗯哼……」

像這樣嗯嗯哼哼半天，哪一個男人聽了不會酥麻？一件明明可以在一句話裡交代清楚的事，必定如此這般嬌柔嫵媚的闡述完畢，令在座長官印象深刻，搔癢著朦朧的人影，難保下一次升官晉級，心裡頭不會浮現出這樣的才女。

這種嗯嗯哼哼的辦公室動物，也不是見人就發情，如果你在她心目中沒有利用價值，對話的口氣會比刀鋒還要犀利，比北極還要冷冰冰！

辦公室動物的語言，還要小心接招，無論你說或不說，都會在他們的生死簿裡記上一筆，變紅或變黑，由不得自己。

辦公室鬥爭不分男女，大家各憑動物天賦，尋找自己的族群，選擇靠邊站；辦公室動物沒有脊椎，誰挺得住他就依偎誰！後台倒了便蛇行游移向下一個目標邁進；辦公室生存哲學千萬別自命清高，為了生命共同體努力打拚，這樣的理想，往往會淪為那些只圖個人利益的辦公室動物的祭品。

在我聽完一連串辦公室動物的故事之後，我真高興我只是一隻貓，至少我不必掩飾自己，盲目為著名與利傷天害理。

我唯一遺憾的，就是在我心愛的女主人選擇做自己的時候，只能喵喵喵，無法大聲告訴她：「我就是愛妳這個德性，簡直比我還像一隻貓！」

42 健康就是幸福

我那最親愛、最甜美、最與世無爭的女主人，除了上班之外，根本無心顧慮人間疾苦，就連最近好幾個秋颱連續登陸，她都可以像烏龜一樣皮厚到沒有感覺，依舊高高興興地穿著剛從換季大拍賣搶購到的粉紫色雪紡紗，飄飄逸逸地出門去上班。

結果，一陣陰風吹得她寒毛直豎，還沒走到辦公室就感冒，股市收盤之後二十分鐘就沒了聲音！喉嚨沙啞，頭昏腦脹，忍痛熬了一整天，回家躺在沙發上像三百六十度高溫烤箱烤過的芭比娃娃，我跳到她身上，想親親她，才發現她彷彿火山爆發的熔漿，熱得讓我不知所措！

「伊伊……我好像感冒了！」

看著她全身癱瘓，視線茫然，口齒不清，苦中作樂，我也很難過！無奈的我，卻只能一旁喵喵叫，回應她的病痛。

生病真的很難過，不只自己受害，連家人都痛苦（這句廣告詞果然沒騙人）！平常都是霸王硬上弓，睡在她臉上的我，一整夜被她的咳嗽、鼻涕、淚水薰得徹夜難眠，只好遠離暴風圈；最後，在她半夢半醒之間，盲目在櫥櫃裡抓起大量國際牌止痛藥，吞下肚子裡，變得逐漸不省人事，才勉強度過一夜。

經過這次慘痛的教訓，她堅定地跟我說：「伊伊，只有健康才是幸福，賺再多的錢都沒用，現在開始，我要好好鍛鍊身體，吃生機飲食，清心寡欲，放下屠刀，立地成佛……喔！後面那句成語是多加的！」

這次她真的很認真，除了每天吞下一大堆各種功能的維他命，外加抗氧化劑，深海魚油，月見草精華，純天然蜂膠，大麥小麥草濃縮汁；隔了一個半小時，再吞下中醫師提供的獨特養身藥材，兼具強精固本，養顏美容，保健腑臟，充沛體力多重藥效的中藥配方！

還有自從她得知，女人自三十歲以後骨質開始不斷流失，嚇得她花容失色，迅速補充鈣質，除了每天把牛奶當開水，高鈣的小魚乾更成為重點食物來源，她吃魚乾的速度和數量，比一隻貓還驚人，我們兩個好像在比賽創新金氏紀錄，早上我才偷吃一口，晚上她就吃光一包，今天我破壞兩包小魚乾，第二天她照單全收，全部塞進腸子吸收鈣質。

這一切一切，據說都是為了健康。雖然我跟她住在一起九年，很少看她生病，但是有了這次經歷，可以換到那麼多小魚乾，我的小小腦袋倒是覺得挺划算的！再加上，如果萬能的小魚乾真的能幫助她延年益壽，對我來說，更是一生當中，最值得祈禱的幸福！

43 自由

據說所有人在就讀小學的時候，都會被老師教導這樣一句諺語：「生命誠可貴，愛情價更高，若為自由故，兩者皆可拋。」有一陣子，我也經常聽到我最親愛的女主人，面對工作環境的不如意時，選擇在家中踱步並喃喃自語：「自由……自由……啊！給我自由……」

於是我對自由產生了極大的幻想，彷彿「自由」象徵著終極的歡愉與奔放，「自由」可以代表著一個人（或一個動物）再也沒有任何煩惱。選擇「自由」就像進入極樂世界或天堂，從此過著幸福快樂的日子！

雖然我已經覺得自己是一隻讓主人非常疼愛，非常好命的貓，但是對於從來沒有享受過的自由，仍然渴望躍躍欲試！

終於，在一個風和日麗的星期天，我的女主人起床後，想喝一杯香噴噴的熱拿鐵，她以為到樓下的咖啡屋買一杯咖啡的時間不過是電光石火，所以眼鏡也沒戴，大門也沒關，光是拿了一百塊就出門！

剛開始，我還乖乖地在門口等她回來，但是這一等，從五分鐘，到十五分鐘，變成了半個小時，孤獨地枯坐，屁股也會痠，瞧著欲蓋彌彰的大門，外面有著鵝黃的燈光，和間歇傳來的人聲，以及我從來沒有領悟過的「自由」……我終於忍不住好奇，朝這扇半掩的大門走去……

出了門口，就是電梯，剛好電梯門打開，一個老奶奶牽著孫女，小女孩甜美地叫著：「貓貓！奶奶！貓貓！奶奶！」

我以為她在叫我，就跟著走進去，等到電梯門再度打開，已經是個完全不一樣的世界，馬路上呼嘯飛馳的汽車，一輛接一輛；就連想平安地走在人行道上，還得小心來無影去無蹤的摩托車！突然，從街角竄出一隻大黃狗，牠先是搖搖擺擺逛大街，直到目光鎖定一隻獵物，接著就朝我的方向直接走來……

「吼……嗚吼……」

牠就這樣盯著我，嘴裡不斷發出怒吼；涉世未深的我，哪敢輕舉妄動？只好像隻動物標本一樣僵直地杵在路中央，腦裡不斷飛逝而過那些與事實相反的自由的意義。

「哇！妳看！好好玩，路中央竟然會出現貓狗一家親的場面……咦？那種貓很少見，好像是什麼……暹羅貓吧？」

據說，當天我的主人下樓買咖啡，意外遇到大學同學，兩人從美國總統大選，聊到台灣總統罷免，直到坐在落地玻璃窗前的同學，介紹她的新發現，就是台灣的暹羅貓也可以變成流浪貓，才把我那只顧聊天，忘記一切的女主人驚醒，赫然發現，那隻流浪貓原來是她最心愛的家貓，才衝過來把我從大黃狗的嘴邊救了出來。

她對待我的出走，比大門沒關還緊張；一整天，反而是她餘悸猶存地緊緊抱著我，說：「傻伊伊！你為什麼要跑出去？外面的世界雖然自由，但

嚇~~
嚇~~
TPC 11
有山水畫的變電箱

是很險惡，讓我一個人去闖蕩就夠了……傻伊伊！」

傻伊伊，有傻主人疼到心坎裡；真心關愛，比自由還要有意義！

44 奇妙的大自然

我每天都在家裡觀察大自然！

天亮了，天黑了；下雨了，放晴了；滿月了，月缺了；颳颱風，土石流；打雷要配閃電；梅雨季要開除濕機；停電的時候要點蠟燭！

大自然很好玩，它每天演著相同的白天與黑夜的戲碼，卻又會來點晴時多雲偶陣雨的調劑；大自然也很奇怪，明明昨天今天和明天都是一天接著一天，它卻是一點兒也不厭倦的周而復始地演下去！

大自然牽引著人與人之間的磁場，也讓我和我最親愛的主人相遇！

「才不是呢！當初我會選擇你，就是因為你是那一群嬰兒貓咪中，最不鳥別人的一隻！」

「喵？……」

「當時，帶著新鮮魚肉的我，受到你們祖宗八代的歡迎，我故意拿著好吃的晚餐逗著你們，結果，你大小姐三番兩次吃不到，又遭受別的貓咪排擠，乾脆掉頭走人！哇，你走得真乾脆，一轉頭，一旋身，就真的走了……還好在那電光石火之間，我瞧見了你圓圓可愛的臉，和一雙深情的眼睛，純潔的靈魂……」

來自幼年貓咪的深情眼睛？那是什麼德性？

「就是……我也說不上來，好像你能夠窺視我的靈魂，呼應我的對話，交換我們的祕密，還有一種，能夠陪伴一個人終身不悔的決心！」

來自一隻年齡兩個月大的貓咪的眼神，竟然會啟發一個二十歲的女子這麼深沉的哲學情感，這不是大自然的磁場牽引，還能有其他什麼更完美的解釋嗎？

就像為什麼人類建造的船艦，都必須類似魚類的身軀？因為只有模仿大自然，為了能夠在水裡移動，只有像隻魚，才能遊刃有餘！

所以大自然牽引著我們的一舉一動，主宰著我們的已知與未知。

我親愛的女主人，似乎也有所領悟，那一天，當她瞧見一隻能夠飛到八樓的白色鴿子，在她窗前咕咕叫了半個鐘頭，她說：

「或許我應該飼養一隻流浪鴿！」

於是她決定每天固定在陽台放一個盛滿米粒的小碗，和一杯清水；但是很不幸的，當她翻開櫥物櫃，赫然發現那包二〇一〇年生產的池上米，已經長滿米蟲，黑黑的小米蟲在白白的米粒細縫中鑽來鑽去，好像會動的芝麻粒！嚇得花容失色的她，用了五張特大型專用垃圾袋，緊緊包住這袋米立刻丟出去！

但是曝光的米蟲，從此無所不在！

那些餘孽像越共打游擊般地到處亂竄，有時候在洗手間，有時候在床頭，都可以看見這些圓圓的小黑蟲的身影。

而那隻曾經飛上八樓，在她窗前吟唱的流浪鴿，似乎也知道我家的米有蟲，再也不來獻唱乞討！

大自然的安排真的很奧妙，如果沒有這隻神奇的白鴿飛上八樓，她永遠不會知道自己還有一包十年前買的白米；如果我沒有一雙深邃的有情眼神，也不會吸引她與我相伴九年。有時候我會企圖凝視自己，思考大自然如何在這個世界上巧妙地玩著生存遊戲，我想也許這就是，我的眼神看起來那麼深邃的原因！

45 貓大便狗大便

人們常說桃花舞春風，意思是不管爛桃花好桃花彷彿都應該在春天開花，一片春情蕩漾！

在我看來，哪有那麼多羅曼蒂克的意境，這種內分泌其實就是我輩貓族叫春的天性。

時序才剛剛秋末，距離聖誕夜趴還有兩個多月，閨密們正在減肥，希望穿上最美麗的小洋裝在聖誕佳節與心愛的人共舞！我的女主人也不例外，好不容易挨餓受凍掉了一公斤，正在攬鏡自照沾沾自喜，我躺在柔軟的蠶絲被裡看著她學麻豆走秀，雙腳交叉走一直線，前前後後來回個不停。她大概只有在我面前可以這樣放縱身心，雖然那件黑色雪紡紗洋裝的拉鍊拉到底剛好嵌住她脖子，彷彿施展絞刑的繩索，讓她像個行走中的吊死鬼。然而她卻看著我燦爛微笑，說：「親愛的，瞧這件衣服多麼剛剛好，這脖子的造型讓我整個人的線條變得多修長！」

突然間門鈴響個不停，讓我忍不住懷疑這是不是就是傳說中的索命連環叩？她打開對講機視頻，畫面中的美女有點熟悉又有點不熟悉，我以貓咪天生的敏銳度立刻驗證她就是女主人最親近的閨密，但是女主人睜睜看著對講機，不敢按下大門開關，因為，她的閨密爆瘦十公斤，整個人的臉形與身材都變形。

閨密走進屋來時，我也嚇一跳！剛剛才看著吊死鬼穿著雪紡紗走來走去，現在是個餓死鬼出現在餐桌旁邊，那畫面實在有點猙獰。

閨密說她什麼都不要吃只想喝酒。女主人倒了一杯紅酒，閨密說她不要一杯，她要一整瓶。

圍繞餐桌的兩位人士都是顏值破表、事業有成的「熟」女。「熟成」這件事發生在肉類（尤其是牛肉）非常有價值非常好吃，但是發生在女人身上就是時光痕跡，有點超過賞味期的貶意。

閨密出現在餐廳不到三十分鐘，紅酒已經空瓶見底，打點滴都沒這麼快，她把酒當強心劑。

「我男朋友嫖妓。」

買春？

「嫖妓！」閨密加重語氣：「幹！」

妳怎麼發現的？我和女主人同時頭頂問號滿天星。

「不要管我怎麼發現的，總之我有證據。他有嫖妓成癮症。」

閨密和這個男友交往一年多，對方據說是上櫃科技公司高階主管，看起來斯文規矩，還戴著一副眼鏡，標準的ＩＴ男。他曾經參加過我們家的慶生趴，摸過我的頭，但是我不喜歡靠近他，他身上有狗的味道。

他豢養著一隻迷你貴賓狗，每天晚上睡同一張床，閨密曾經為此跟他吵過架。

女主人想起人畜同床的往事，忍不住問：「他去嫖妓，會不會是因為妳拒絕……呃……跟他『在一起』？」

閨密一臉醉醺醺，茫然地望著她最要好的朋友。

「還有一隻狗在床上是不是等於三Ｐ？」我的女主人說。

「Ｐ個屁！」閨密又罵出聲來：「我練瑜伽，沒生過小孩也會做凱格爾。是他不碰我了。」

閨密說著說著掉下眼淚：「他喜新厭舊！那個圈子，天天有新鮮貨。」

我自詡貓界林志玲，情商與智商一樣高，而且我始終維持處女之身，對於凱格爾運動很陌生，對「天天有新鮮貨」更是難以理解。

「那……現在怎麼辦呢？」女主人小聲地問：「我們這年紀，有點難遇到……呃……新鮮貨……」她搖搖頭：「不是……我的意思是，很難遇到有緣人！」

「妳記不記得以前我們聊過，如果有一天，老公跟小三外遇，或是老公去嫖妓，妳能接受哪一個？」閨密泣訴：「養小三是花時間談感情，去嫖

THE WINNER IS ...
請按鈕

妓是花錢洩欲，妳會選哪一個？」

喵……

在我看來，這兩個選項只是貓大便、狗大便的差異，都是大便，要怎麼選？我的貓腦雖小，但是五蘊俱全，除了會吃也聞得出大便的味道。喵喵喵！我說，閨密啊閨密！不要再舔大便了！舔大便這種事連貓咪都不屑，何況是一個正常的人類。而且，這個男友在什麼上櫃公司工作的股票也絕對不能買，因為，管不住小頭的人還能管住大頭嗎？

人類的世界好奇怪，這麼簡單的事情還要選？我從來不做選擇，因為我是會寫週記的貓，我只做記錄。如果有人識得貓文字，歡迎到貓維基百科來找我！

喵～

46 大閘蟹奇遇記

秋高氣爽，正是品嘗大閘蟹的季節！我親愛的女主人說，這一輩子還沒有吃過大閘蟹，到底是什麼滋味？真令人好奇。

那天她去逛超級市場買泡麵（這是她的拿手菜之一），看到促銷大閘蟹的廣告，一隻三九九，嗯……這個價錢聽起來高貴不貴，於是她毫不猶豫地訂下兩隻，準備嘗嘗大閘蟹的肥美豐膏滋味！

當時大閘蟹非常搶手，一隻難求，渴望吃到大閘蟹的她，天天都在盼望這空運來台的秋季美食！等待期間好幾度有朋友邀請她，去飯店吃大閘蟹特餐，她都神氣地回答：「喂！經濟不景氣，到飯店吃一隻一千多塊錢；

我現在自己DIY，一隻四百塊有找，當你們在餐廳裡意猶未盡，我在家裡花一半的錢還可以連續吃兩隻！」

她神氣活現地嘻嘻笑個不停，直到朋友好奇地說：「請問，妳會煮大閘蟹嗎？」

這倒是一個值得深思的問題，我親愛的女主人只會烤麵包，用微波爐烹調冷凍食品。她是一個水餃可以煮成麵疙瘩，雞蓉玉米湯可以燒成「焗」成雞乾玉米粒的創意廚房家。

「我會料理大閘蟹嗎？我忍心把活生生的大閘蟹剁成兩半，眼看牠血流如注，還要狠心地吃下肚嗎？」連她也忍不住質疑自己。

這個疑雲如滾雪球般越滾越大，重重疑慮讓她沒有勇氣去認領這兩隻已經付了訂金的大閘蟹。

「小姐，您預訂的大閘蟹，將在這個星期四到貨，請別忘了來領取。」

「我……我……我最近剛好拔牙，可不可以領下一批？」

一個星期過後。

嘿！蟹老闆，先說好，
我只能跟你玩
剪刀，石頭，布，
而且我一定
會贏你，
因為我
出的是
"正港貓拳"！

「小姐，您訂的大閘蟹來了。」

「我……我……我已經等不及，跟朋友先到餐廳吃過了，有點膩！可不可以，再等到下一次？」

又過了一個星期。

「小姐，這是今年度最後一批大閘蟹，再不拿就沒機會了！」

最後她逼不得已拎著兩隻大閘蟹，憂鬱地回到家中；看著活生生的螃蟹張牙舞爪，像是乞饒，也像是「我要活下去」的垂死掙扎；原本只是單純想吃大閘蟹的心情，突然轉變成為一場保衛蟹族生死存亡的戰鬥，剎那間，彷彿自己也變成了殺「蟹」不眨眼的劊子手。

她眼睜睜盯著兩隻螃蟹許久許久，彷彿正在考慮要把牠們留下來當寵物！

我只能說，跟她一起生活真的很有趣，連大閘蟹這樣的食物都可以變成一個哲學問題，更何況其他方面的人生反省。她對待這世界所謂的惡人，也總是像對待大閘蟹一樣仁慈。

47 責任

身為一隻高貴的貓，我一直非常自愛。每次吃飽飯，我會用貓掌輕輕刷過唇邊，清洗殘餘的油漬；每天固定舔拭身上的灰塵，最重視腳掌和屁股的衛生；我走路很輕巧，從來不會撞碎主人的藝術品；我吃東西很節制，肚子飽了就不再進食；我從不大聲亂叫，因為噪音會令我心煩；我在固定的廁所大小便，因為有教養的淑女都會這樣做！

身為一隻可愛的貓，我知道我不應該，在那個美麗的星期天，像瘋狗一樣繞著屋子鬼叫，跳上吧台推翻主人心愛的玻璃糖罐，在她尖叫時，抓傷了她的臉龐，然後跳到沙發上撒尿！

身為一隻被人類當作寵物的貓，我知道，與生俱來的奴性是無法改變的宿命，但是，當我最親愛的生命共同體，我的主人，已經連續一個星期沒有摸我，沒有同我講話；從春天，夏天，到秋高氣爽，已經半年沒有幫我洗澡；前一陣子心血來潮，竟然餵我吃過期走味又潮濕的貓咪維他命；然後又忘了我的存在，連續三天讓我面對一個空空的貓碗；就連專用廁所也忘了清理，塞滿的屎糞讓我毫無立足之地！

於是我開始變得很躁鬱，那天故意搗蛋，就是要讓她知道，一隻貓的存在並不只是打發時間的寵物；一隻貓的生命也有天使走過人間的意義！

突然變成小老虎的我，讓她以為是狂貓病作祟，立刻帶我去就醫，在一連串抽血量體溫眼睛照燈還被摸骨之後，最後老醫生含蓄地問：

「妳是不是很久沒有跟他說話？陪她玩遊戲？也沒有幫她刷刷毛，摸一摸表示關心？」

「我工作忙得要死，哪有時間天天孝敬一隻貓？」我親愛的同居人，橫眉豎眼地回答。

這樣的主人，是不是應該去看病？她很可能罹患真正的躁鬱症，因為每次只要她的工作太忙碌，她就會像魔鬼附身一樣神出鬼沒，陰陽怪氣，然後六親不認。

「當妳決定養貓的時候，妳已經肩負起一個神聖的責任！」醫生諄諄善誘：「不要只把牠當寵物，貓咪跟人一樣，需要被關愛，被重視；每天花一點時間摸摸牠，說說話，你們之間的關係立刻就會有很大的改善！」

當她抱著我走在回家的路上，我看到她疑惑的眼神；我知道她深深愛著我，努力打拚希望我們都能過好日子，無奈工作壓力太大，有時候難免失控又健忘！我很想開口跟她道歉，希望她原諒我的鹵莽，沒想到她凝視著我，竟然悲從中來，開始止不住哭泣，哭到無法遏制，不能繼續行走，乾脆蹲在人行道旁邊，哭個痛快！

沒多久，一個路人經過，看到抱著貓咪的哭泣的女孩，竟然丟下一百元紙鈔，塞進裝著我的花布袋裡！

身為一隻愛思考的貓，我第一次發現，責任原來有這麼大的壓力，它會讓我的主人以哭泣來宣洩，讓路人用金錢表示憐憫。

48 超時空旅遊

聖誕節又到囉！

我親愛的主人，半年前就開始計畫出國旅遊，看報紙，翻雜誌，勤上網路，就是為了一年一度的聖誕佳節，嚮往乘著聖誕老人的雪橇，邁向遠方，拋棄煩惱！

想像讓她的生活變得豐富，期待讓她的工作不再乏味；每天都快樂的盼望著，在加勒比海郵輪上欣賞日出，或享受夏日紐西蘭的鄉野情趣……

只是很不幸的，眼看聖誕老公公的生日一天天逼近，她卻始終安排不出時間度假，最後，只有靠著冥想來完成美夢！

因為不能去日本，她跑去充滿日本味的拉麵店，狠狠吃它兩碗北海道豚骨拉麵，冥想日本美食。因為不能去峇里島 SPA，她自己在家焚燒茉莉花香精油，在浴缸中撒滿鮮花，一邊泡澡一邊聽 New Age，冥想印尼風光。因為不能去韓國雪嶽山滑雪度假，她打聽到最道地的韓國人開的高麗屋，一個人吃一桌的韓國泡菜、銅板烤肉、人參雞湯，最後意猶未盡地加上一碗冷湯韓式涼麵！因為不能在五月如願去荷蘭賞花，她幾乎掏空一家人造花店，搬回老闆所有的鬱金香，五顏六色放在客廳裡，假裝住在繽紛的阿姆斯特丹。義大利浪漫之旅遙遙無期，乾脆先喝一杯 espresso，再到精品店買上一件 made in Italy 的最新春裝，感覺也很接近！

冥想的力量，有時候也會強烈到美夢成真！

就像她在土包子般的大學時代，因為沒有吃過鐵板燒，期望開洋葷，乾脆應徵餐廳服務生，用一個月的時間，吃遍各式各樣的花式鐵板燒。後來流行麥當勞打工，為了提前適應美國留學生活，打工拖地板順便吃了兩個星期的漢堡薯條加可樂，突然發現制服越來越小，體重遽增，落荒而逃。

跟她生活在一起九年，實在很佩服她的想像力，無邊無際的冥想，讓她的世界越來越豐富！

因此，現在正期待明年六月去非洲肯亞打獵的她，已經開始預習如何瞄準目標，她拿著望遠鏡，緊緊追蹤我的身影，尋著我跳上跳下的軌跡，擺弄出專業狩獵人的姿態！當然，她已經穿上了那種只有在電影《遠離非洲》裡才看得到的白襯衫卡其褲加上一頂軟呢帽的復古獵裝，足蹬一雙駝色及膝馬靴，打開電視國家地理頻道，聽著來自叢林的野獸的呼喚，假裝與我這個「萬獸之王」的「後裔」搏鬥。

「喵……」

被她緊迫釘人太久，我忍不住打一個呵欠。

「小伊伊，你應該再吃胖一點，將來我帶你去非洲見你的大貓老祖宗，你也好光宗耀祖，瞧我把你伺候得多幸福！」

反正這一切都只是冥想！只要她高興，有一天我們兩個也可以駕駛太空梭，奔向海王星，說不定真的能找到聖誕老公公。

49 熱情

我是一隻貓，一隻熱情的貓！這可能是天賦，也有一部分，可能是傳承自我親愛的女主人的天真。

我的熱情像海洋，可以含納百川；我的熱情像一把火，容易把身邊的人燃燒發光發亮！

我的熱情，不分東南西北，不分黨派族群，一樣公平；就像女主人心愛的填充玩具彼得兔，經過我的熱情愛護，可以長出第三隻脫毛的耳朵；銀行存摺是我的風箏，要來耍去最後掉到馬桶，下場比衛生紙還模糊！她的三十歲生日，慰勞自己一顆半克拉鑽戒，我研究了三天，決定把它分類為白米，放進米缸一個月，直到親愛的女主人心血來潮想煮一鍋熱騰騰的白飯，才發現米缸中最耀眼的一顆，閃閃發亮的鑽石米。

對待遠道來訪的朋友，我的熱情，也時常讓人們難以忘懷！不分男女老少，東方還是西方，只要進到我的家門，我絕對把您當自己人殷勤款待。

我會在女主人忙著煮咖啡的時候，跳上您的膝蓋，聞聞您的褲襠，分辨雌雄與衛生習慣；我會貼近您的耳朵，感覺您的恐懼或接納，再決定是否要安詳地睡在您的身旁！許多人對我的見面禮，經常吃驚地表示意外，因為很少有貓咪會這麼容易親近陌生人！

我會喝客人的茶，吃客人的點心，聽客人說話，如果分貝太高，破壞我的家庭和諧寧靜，我會以迅雷不及掩耳的速度咬他的喉嚨，請他閉嘴。

我見過各式各樣的客人，有人是真心喜歡像我這樣不發一語的神祕動物，也有人明明恨透了我的聰明，卻又假裝很有教養的接受我的歡迎；有人半推半就嘗試認識一隻貓的自我與格調，也有人一見到我的外型，就立刻提出禁制令，強迫隔離至少超過三公尺。

我見識過的人越多，越感覺到人類是一種容易自我設限的動物，因為他們的規矩太多，所以經常製造距離，太多的距離，往往導致了一種叫做「寂寞」的結局。

這些寂寞的人，最後都會不約而同地問我親愛的女主人：「怎麼妳家的貓，這麼熱情？尤其是，她的個性，幾乎跟妳一模一樣……」

一個像人的貓，一個像貓的人，我們共同生活了將近十分之一個世紀！但是對於付出的熱情，卻有著截然不同的命運。

在貓的世界洋溢熱情，至少還有一個天真的女主人懂得欣賞接納；在人的世界洋溢熱情，卻不見得會有相同的回應。當熱情遇到冷箭來襲，暗夜裡引啜哭泣給貓聽，縱然我有滿腹熱情，卻也只能無言地告訴她一句：不要緊，還有我愛妳！

50 啟示

月曆越來越薄，我們知道，舊的一年又要過去了！

回想過去三百多天，我跟她共處的日子，似乎跟去年，去年的前一年，還有許多許多的從前，沒有什麼太大的不同。

日復一日，上班下班，睡覺起床，吃飯洗碗，吵架和好，喜歡討厭……對我來說，人類的光陰，似乎永遠都是按照一成不變的規律行走，直到老死！

尤其是，到了歲末年終，按照往例，人人都要除舊布新，於是我親愛的女主人也開始跟著反省。

她今年遲到兩次的紀錄，原因很奇怪，都是為了貓咪。

一隻在仁愛路綠蔭大道的安全島上，不斷在泥土上面挖洞的流浪貓，因為牠奇怪的行徑，引起她的好奇，渴望理解一隻會挖地道的貓的念頭，讓她足足駐足了一個小時，直到那隻貓稱心如意地撒上一泡尿，舒暢地離去，我的主人才發現，幻想一隻比老鼠還會鑽洞的貓，是不負責任的想像力。

第二次據說是看到一隻和我長得一模一樣的暹羅貓，流浪在人家的屋頂；她好心學貓叫，呼喚牠半個小時，終於逮住這隻高貴的流浪貓，因為愛屋及烏的心理，她決定詢問每一個路人，願不願意收養這種很難得見到的貓中極品？沒想到第一個路人甲，就是這隻流浪貓的主人，對方回答，放貓出外活動，長久以來都是她家的教養方式，所以這並不是一隻流浪貓，而是一隻自由貓。

我的女主人也開始記錄，她所能反省的、浪費光陰的故事。

比方說不該花太多時間，想像自己的下輩子可以變做一隻樹獺！聽這個名字，就知道這是一種很懶惰的動物，樹獺沒有肌肉，只有皮膚和骨頭，所以牠的動作很緩慢，每天要睡二十個小時，剩下的時間都在慢慢地覓食，因為牠做什麼都很慢，所以一個星期才會拉一次大便。

比方說，她不該為了省錢，把我隨便包一包，就塞進夾克裡搭公車，剛好在肚子上隆起一塊肉，使得乘客都以為她是孕婦，紛紛起身讓座！直到我受不了空氣稀薄，伸出我的小黑頭喵喵叫，才讓真相大白，怎麼會有人在大眾捷運演出貍貓換太子？

她的懺悔錄還沒有寫完，就趴在書桌上睡著了，今年的懶人行事曆，又多了一條罪狀。

第二天起床，她決定展開新的人生，興高采烈前往陽台做早操，一開門，卻發現六樓的陽台竟然出現一條魚！一隻真正的魚，只是體型太小，看不到牠的眼睛，從牠一動也不動的身影判斷，牠應該已經死去多時。

陽台上出現一隻魚？這一定代表某種啟示！她心裡這麼想，連早操都忘了做，直覺帶領她回到舒適溫暖的床鋪，又開始一連串博大精深的思考。

陽台上出現一隻魚，那有什麼稀奇？就是一隻鳥銜過來的獵物，來不及吃而掉落人間而已，這麼簡單的邏輯，會有什麼啟示？
一隻無辜的魚，一個無厘頭的主人，兩者之間，其中一個必定有問題。

51 貓的幸福

就在全球都在迎接新年的夜晚，我夢到自己漂浮在雲端上，一路上陽光普照，微風徐徐，到處都是色彩鮮豔的貓飼料，我正猶豫不決該從哪裡下口……突然，我聽到有人不斷在我耳邊呼喚著：

「少奶奶……少奶奶……起床了！」

當我睜開眼睛，才發現，我的主人的雙眼正貼著我的臉！這麼近距離對焦她的鵝蛋臉，竟呈現一種局部放大的奇怪格局，就像漫畫裡畫一個抓狂的人會有的表情，她的嘴在瞬間張開有如航空母艦，就連秀髮也跟著矗起，彷彿電擊棒，然後是一連串的高分貝：「起床啦！……伊伊少奶奶，從今天起，我再也不要伺候你了，我也要做自己的少奶奶，每天睡覺睡到自然醒，讀書讀到腳抽筋！……所以，我已經把工作辭掉啦！」

這下子，我真的清醒了！

她竟然把工作辭掉？那麼以後……以後的日子怎麼辦，我已經忍不住想像，當她付不出房貸信用卡的那一天，我是不是會被訓練成為一隻會說話的神貓，就算不能上電視，也可以在街頭賣藝，賺點生活費？

「對！我辭職了。從今天起，我將遠離辦公室監獄，和那群人生的囚犯。」

朗誦完畢，她開心地打包回家，開始放寒假；每天在家擁抱自由，疼惜自己，一天二十四小時，除了吃喝拉撒睡，就是睡撒拉喝吃。

她說這樣像貓咪一樣地活著，就是實現貓咪與世無爭的智慧；除了，她強調不問世事，卻又愛看電視；想要了卻塵緣，偏偏還是喜歡逛街。好朋友忙著事業忙著小孩忙著升官發財，她忙著沉思忙著冥想忙著把自己當寵物玩躲貓貓。

她說是為了我才辭職，我才不管她如何選擇人生！我們天天膩在一起不到十天就開始吵架，她說我（貓咪伊伊）只會做自己，除了吃就是睡沒有生產力；我喵喵喵告訴她，我本來就只是一隻貓，除了睡還有吃我能對社會有什麼貢獻？

於是她開始生氣，氣自己比不過一隻貓，又開始落下同情自己的眼淚！我跳到她的肩膀，親親她的耳垂，以一隻貓咪的身體語言告訴她，我真的很愛她，但是我也是一隻真誠做自己的貓，從不假裝。

「伊伊！小伊伊！你從來沒有開口跟我要東西，我卻願意心甘情願用一生來陪伴你，這是不是一種貓的智慧與人的愚蠢，最大的對比？我多希望，一輩子，能像貓一樣地活著……」

我依偎在她的膝上，聽著她肚子裡咕嚕嚕的腹腔共鳴，試圖輕輕地「喵……」一聲，告訴她，像貓一樣地活著不一定安定，要像「伊伊」一樣地活著才能保證快樂，因為伊伊遇到了全世界最善良、最單純、最認真付出愛的女主人！

這才是幸福！

52 新年新名字

我的主人曾經有機會與一位名女人，以及她所飼養的兩隻狗相處！這兩隻中等體型的狗，一隻叫做 Miki，一隻叫做 Baby，聽起來狗如其名，都長得很可愛，牠們最有特色的之處，在於年齡都是我的兩倍。

嘿！我已經是一隻九歲的貓了，我的兩倍就是十八歲，所以牠們都算是高齡的狗瑞；因為共同養育寵物的經驗，我的女主人，與那位名女人開始產生對話，沒想到第一次見面，互相的問候語，竟然是從死亡開始。

「我很愛我的貓，因為人們都說動物一年的壽命等於人的七年；當伊伊六歲的時候，我就開始擔心她離開我的那一天，我將如何承受？現在妳的狗已經十八歲，那麼這樣的恐懼與傷痛，必定也是加倍的。」

「醫生也說，牠們的每一個器官都在老化，一天又一天……」

這個對話其實沒有答案，名女人是堅強而聰明的，沒有答案的對話，不只適用於人與人之間，也是人與動物之間曖昧關係的象徵。

只不過，我的女主人有一部分的基因還停留在十九世紀，因為她相信，愛心可以感動天地，只要她努力祈禱，甚至，改個名字，換掉名號，一定能夠改變命運。

於是有一天，她決定把我的名字改為「神仙水」！

因為這樣的名字，有神仙也有水，一定可以像百川常流不息，像神仙長命百歲。

「神仙水！神仙水！乖乖……來……」

什麼神仙水？我只有一個神仙屁股朝著她，一動也不動。

她自己叫得很高興，叫了好幾天，發現我對這麼名字一點感覺也沒有，

於是決定讓這個新名字更完整……

「神仙水汪汪！神仙水汪汪！這樣夠響亮吧？」
什麼「神仙水汪汪」？我好像變成日本人；而且，我根本不會「汪汪」叫。

她也不是第一次，天真的以為這樣可以改運！以前取過一大堆英文名字，最後自己叫什麼也不確定，路上聽到人家叫 Mary，她還會不由主地回頭！

過年前除舊布新，她翻出一大堆信件，發現有些信封上寫著「葛瑞絲」、「葛妮思」、「藍彩舲」、「白荳荳」、「江跳跳」？

這是誰？原來都是專門留給直銷、專櫃、廣告公司做紀錄的假名。

不過，這些都比不過，她最近正式取的匿名「朱夢露」！為了體驗被呼喚為「夢露」的快感，她會在百貨公司服務台，廣播尋找「朱夢露」，就為了聽一聲：「朱夢露小姐，朱夢露小姐，請您到服務台，有訪客找您。」

希望一隻貓咪長壽，可以許願呼喚神仙水；渴望神祕的美麗，暗中改名夢露；我看著唯一親愛的女主人，與我共度九年人生的精華歲月，如果真有那麼一天，當死亡來襲，我們必須分離，我只要看著她，漸漸閉上眼睛，感覺最後的甜蜜，她給我的愛，永不止息；我留給她的記憶，會讓我們在天堂相遇。

INK PUBLISHING
文學叢書 632
貓咪寫週記

作　　者　朱國珍
插　　畫　貓小P
總 編 輯　初安民
責任編輯　陳健瑜
美術編輯　林麗華　黃昶憲
校　　對　吳美滿　陳健瑜　朱國珍

發 行 人　張書銘
出　　版　INK 印刻文學生活雜誌出版股份有限公司
新北市中和區建一路 249 號 8 樓
電話：02-22281626
傳真：02-22281598
e-mail：ink.book@msa.hinet.net
網　　址　舒讀網 http：//www.inksudu.com.tw

法律顧問　巨鼎博達法律事務所
施竣中律師
總 代 理　成陽出版股份有限公司
電話：03-3589000（代表號）
傳真：03-3556521
郵政劃撥　19785090 印刻文學生活雜誌出版股份有限公司
印　　刷　海王印刷事業股份有限公司

港澳總經銷　泛華發行代理有限公司
地　　址　香港新界將軍澳工業邨駿昌街 7 號 2 樓
電　　話　(852) 2798 2220
傳　　真　(852) 3181 3973
網　　址　www.gccd.com.hk

出版日期　2020 年 7 月　　初版
ISBN　978-986-387-345-7

定　價　300 元

國家圖書館出版品預行編目資料

貓咪寫週記／朱國珍 著；
--初版, --新北市中和區：INK印刻文學，
2020. 07 面 ；14.8 × 21公分.（文學叢書；632）
ISBN 978-986-387-345-7（平裝）

863.55　　109008260